光文社文庫

文庫書下ろし&オリジナル

杜子春《とししゅん》の失敗

名作万華鏡 芥川龍之介篇

小林泰三《やすみ》

光 文 社

目次

杜《と》子《し》春《しゅん》の失敗

芥川龍之介作「杜子春」とは？

（あらすじ）

唐《とう》の都・洛陽《らくよう》に杜子春という若者がいました。元は金持ちの息子だったのですが、財産を使い果たし、その日寝るところもなく途方《とほう》に暮れていると、一人の老人が現れて杜子春に莫大《ばくだい》な黄金を授《さず》けてくれます。一夜にして大金持ちになった杜子春でしたが、贅沢《ぜいたく》の限りを尽くし、三年目にはお金を使い果たしてしまいました。そこに再び老人が現れて同じように黄金を授けてくれますが、やはり同じことを繰り返し、すべてを失ってしまいます。さらに三度目も黄金を授けてくれようとする老人に杜子春は告げます。もうお金はいらない。その代わりに、老人の弟子にして仙術《せんじゅつ》を教えてくださいと――。老人は仙人だったのです。

杜子春は彼の弟子となり、棲《す》み処《か》の峨眉山《がびさん》に連れていかれます。そこで仙人は、自分が留守の間にさまざまな魔性がお前をたぶらかそうとするだろうが、どんなことがあろうとも決して声を出してはいけないと命じて出かけていきます。残された杜子春をおそるべき怪異《かいい》の数々が襲い始め、ひいては命まで失い、地獄へと落とされてしまうのですが――。

鬼の獄卒《ごくそつ》どもは一切容赦する気はなかったのだと、杜子春は理解した。彼らは灼熱《しゃくねつ》し、とろとろと半ば溶解した鉄の棒を何の前触れもなく、杜子春の口の中に押し込んだ。

それはとろけているとは言え、杜子春の口の幅よりも太かったため、唇も歯も舌も一瞬で焼き焦げ、じゅうじゅうと水分が蒸発するや否や焦げ茶色の塊《かたまり》へと変じていった。

鬼たちは杜子春の口を破壊するだけでは物足りない様子で、さらにぐいぐいと鉄棒を喉《のど》の奥に向けて押し込んでくる。

途端に食道も気管も焼け焦げて縮み、喉の皮膚もぱりぱりと剝がれ出す。

杜子春は絶叫しようとした。だが、すでに声帯までもが焼けて消滅していたため、声を出すことはできなかった。

溶けた鉄が胴体の中にぼたりぼたりと落下し、内臓に触れると同時に消滅させていった。

杜子春の目からは涙が溢《あふ》れた。だが、次の瞬間には、もう高熱のため、乾き切っていた。

殺してくれ！

杜子春は願った。だが、ここが地獄だとするなら、彼はすでに死んでいるはずだ。鬼たちにそれを頼むのは意味のない行為だろう。そもそも殺せるのなら、真っ赤に焼けた鉄棒を突っ込まれた時点で、すでに死んでいるはずだ。

内臓を喰らい尽くした溶けた鉄は次の瞬間、杜子春の股間《こかん》を突き破って落下した。

杜子春の身体は原型を留めることができず、くしゃりと潰《つぶ》れた。

杜子春は地獄の赤く爛《ただ》れた地面の上で崩れたままの身体でぐちゃぐちゃと暴れ倒した。

そこへ一陣の冷たい風が吹き付ける。

杜子春の身体は急速に再生し始める。しかし、痛みが弱まるようなことはなかった。むしろ神経が再生されるにつれて、耐え難い苦痛が全身を駆け巡ることになった。内臓や神経や筋肉が中途半端に再生を始める。そして、その現象は下腹部から徐々に上に向かい、ついに喉に達した。

まるで死にかけた雄鶏《おんどり》の断末魔のような耳障《みみざわ》りな音が聞こえた。

誰かこの煩《うるさ》い音を止めてくれ。只《ただ》でさえ、これほどの苦痛なのだ。音ぐらいなり止めてくれてもいいはずだ。

しかし、杜子春は薄々勘付いていた。その音は彼自身の喉から発していたのだ。

ああ。俺は声を出してしまったのか。

そう思うと、彼は峨眉山の頂上にいた。

血の池も剣の山も焦熱《しようねつ》地獄も極寒《ごくかん》地獄も鬼も閻魔《えんま》大王も目の前から消えていた。そこは只寒々としたこの世の果ての平らな岩の上だったのだ。

「これしきのことで声を出してしまうとは……。おまえには失望した」それは杜子春をここに連れてきた仙人——鉄冠子《てつかんし》の声だった。彼は杜子春のすぐ隣に立っていた。まるで、ずっと最初からそこにいたように。

「わたしは地獄の責め苦を受けたのです」杜子春は言った。「声を出さないでなんかいられるものでしょうか？」

「言い訳など聞きたくない。わたしはおまえに仙人になる機会を与えた。そして、おまえはそれをふいにした。それだけのことだ」鉄冠子は杜子春に背を向けた。

「お待ちください」杜子春は地面に這いつくばって、鉄冠子に縋《すが》り付いた。

「あのまま声を出さないでいられたら、仙薬《せんやく》が完成し、おまえは仙人になれたのだ。だが、もう仙薬はできない。諦めるがよい」鉄冠子は杜子春を振りほどいた。

杜子春は岩の上を転がった。

「この通りです、もう一度お試しください」杜子春はなおも食い下がった。

だが、鉄冠子の肉体はまるで気体のように杜子春の指先を擦《す》り抜けていった。

「鉄冠子様！」杜子春は喚《わめ》いた。

誰も答えはしなかった。ただ、荒々しい風が杜子春を包み込むばかりだった。

杜子春は絶望した。

全てを失ったと理解した杜子春は目の前が真っ暗になった。

杜子春は気を失った。


気が付くと、そこは暗闇の中だった。いや、気が付いたのかどうかすら定かではない。ずっと悪夢を見続けているのかもしれない。とにかく彼は暗闇の中を漂っていた。

では、地獄に落ちたことだけが夢だったのではなく、鉄冠子と会ったことや、自分に宝の山が授けられたことも一切合財《いっさいがっさい》が夢だったのだろうか？

それとも、本当なのは地獄だけで、自分は今血の池地獄に沈みながら、暗闇の夢を見ているのだろうか？　ここが地獄だとしたら、もう夢から覚めない方が幸せかもしれない。この夢は地獄で見る夢にしては静穏《せいおん》だ。

ひょっとすると、この暗闇と静寂は真の暗闇と静寂ではなく、自分が眼と耳を失っているからではないかという気がしてきた。眼と耳だけではない。すべての感覚器官を失ったため、このような暑くも寒くもなく、上下もなく、臭《にお》いもない世界での浮遊感を感じているだけかもしれない。

杜子春は自分の顔を探った。

そこには顔の感覚があった。そして、触れられるということは手もあるらしい。自分の全身を探り続ける。どうやら肉体としては以前のままらしい。ただ、闇が濃く身体に纏《まと》わり付いているため、自分が服を着ているのか、裸なのかは判別が付かなかった。

しばらく浮かんでいると、杜子春は少し不安になってきた。数時間ならまだ耐えられるだろうが、この状態が何日も続いたらどうなるだろうか、という思いに囚《とら》われたのだ。精神は耐えられないかもしれない。それどころか、このまま孤独の中、何年も――いや、場合によって何百年もこのままなのかもしれない。

杜子春は息苦しさを覚えた。

ひょっとすると、ここは狭い場所なのだろうか？　全く何も見えず聞こえないので、広さを知る手掛かりは何もなかった。自分の身体とほぼ同じ大きさの密閉された空間なのか、大海原《おおうなばら》や天空のような広い空間なのか、どちらにも思えたのだ。

杜子春は自分の周りには広い空間があると思い込もうとした。そうでないと、一分の間であっても、正気を保てる自信がなかったからだ。

これがもし地獄の責め苦だとしたら、どのぐらい続くものなのだろうか？

子供の頃、僧侶に聞いたことを思い出した。

その頃、杜子春は僧侶の言うことなどどうせ頭の弱い人間を騙《だま》して、無理やりに善行を行わせるための脅《おど》しだと馬鹿にしていた。だから、何も信じてはいなかったのだが、今、突然、その僧侶の言っていたことを思い出したのだ。

「地獄の中で最も刑期の短い等活《とうかつ》地獄ですら、その苦しみは一兆六千六百五十三億千二百五十万年続く」

杜子春は強い吐き気を覚えた。だが、自分が吐いたのか、あるいは吐いてないのかは定かではなかった。何も見えないし、聞こえないし、臭わないからだ。

この暗闇が何日か続いただけで自分は頭がおかしくなってしまうだろう。そのまま一兆年以上の年月、自分は狂ったまま苦しみ続けるのだろうか？

もしくは早く狂ってしまった方が楽なのだろうか？　地獄がそんな生温《なまぬる》い場所だとは思えない。

いや、待て。ここが地獄だと決めつけるのはまだ早い。地獄とは別のどこかなのかもしれないではないか。そうだ。これは鉄冠子の悪戯《いたずら》なのだ。そうに決まっている。

杜子春は大声で鉄冠子の名を呼んだ。自分の声すら聞こえなかったが、声が出ている実感はあった。どうやら、杜子春を包む闇が音を吸収しているようだ。

杜子春は腹に力を込め、全身全霊を込めて絶叫した。すると、まるで何十軒も先で蚊《か》が鳴く様な微《かす》かな音が聞こえたような気がした。

もう一度大絶叫で試してみる。

やはり何か聞こえるようだ。つまり、この暗闇と静寂は完璧ではないのだ。こうやって微かな音でもそれに縋れば狂わなくて済むような気がする。

では、次は光を探そう。杜子春は身体をぐるぐると回転させた。もちろん、上も下もわからない状態では本当に回転しているのかどうか確かめようがない。だが、とにかく、杜子春は周りを確かめたかったのだ。

どこを見ても暗闇だった。

これは本当にどこにも光がないのかもしれない。もしくは自分の視力がなくなっているのか……。

諦《あきら》めかけたとき、何か白っぽいものが視野の端《はし》に見えたような気がした。

今のは何だ？

一瞬何かが見えた方向を凝視《ぎょうし》したが、何も見えなかった。

そのとき、杜子春は自分の身体が固定されているとは限らないことに気付いた。自分が

どのぐらいの速度で回転しているかもわからないし、そもそも同じ場所で回転していると
も限らない。どんどん移動しているのかもしれない。

杜子春はいろいろな方角を探し回った。

また、一瞬ぼんやりと微かに白いものが見えた。視野の端の方をずっと流れるように移動したのだ。

杜子春は流れた方向を視線で追った。だが、もはやそれは見付からなかった。

彼は諦めなかった。

そうしているうちにまた白いものが見えた。今度は数秒間、目で追うことができた。

そんなことを何度か繰り返しているうちに、だんだんと白いものを視野の中に収めていられる時間が長くなっていった。

いったいどのぐらいの時間が経ったのだろうか。何時間かもしれないし、何日間かもしれないし、何か月間かもしれない。いつしか、杜子春はその白いものをずっと視野の中に入れたまま凝視できるようになっていた。

距離はどうもはっきりしない。大きさは足の小指の爪程に見えたが、手を伸ばしても摑《つか》むことができないので、腕の長さよりはずっと遠くにあるらしい。ぼんやりとしていて、どうも形ははっきりしなかったが、じっと見ていると何だか人のような形に見えてきた。

実際に人の形なのか、そんな気がするだけなのかはよくわからない。

もし、人だとしたら、自分と同じような境遇なのかもしれない。あるいは、自分よりもっとましな境遇で、ひょっとしたら自分を助けてくれることができるかもしれない。

杜子春はその白いものを人だと信ずることにした。

おおい。

杜子春は精一杯の大声で呼び掛けた。もちろん、それは自分自身にも微かにしか聞こえない。だが、絶対に聞こえないとは限らない。

杜子春は手を振った。こちらに向こうが見えるのなら、向こうからもこちらが見えるかもしれないと思ったからだ。


「これ、智香《ともか》にあげる」暁美《あけみ》は買ってきたばかりのブラウスが入った紙袋を差し出した。

ここは都心の喫茶店の窓辺の席だ。窓の外を通る人たちはみんなスタイルがよく、ファッショナブルな恰好をしている。

目の前にいる智香も相当にスタイルがいい。とても中学生とは思えない。

「えっ？　何？」智香はすぐに袋からブラウスを取り出した。「凄《すご》い！　こんなの貰《もら》っていいの？　高かったんじゃない？」

普通の中学生の小遣いならとても手が出ない値段だ。だが、暁美にとっては、安いとは言えないが、高過ぎるという程ではない。

「いいの。ちょうどいいサイズだと思って買ったんだけど、わたしには少し小さ過ぎたみたい。きっと智香にはぴったりサイズが合うと思うわ」

もちろん、嘘だ。暁美と智香の体格はほぼ同じか、むしろ暁美の方がやや瘦《や》せているぐらいだ。暁美に小さ過ぎるのなら、智香にとっても小さいはずだ。

だが、そんな嘘、智香はとっくにお見通しだった。そして、智香が嘘を見抜いていることを暁美は知っていた。

二人は持ちつ持たれつだった。

智香は只で暁美から様々なものを貰った。洋服やアクセサリーや小物、ときには新型の電子端末まで。

そして、暁美はその見返りに、智香から友達としての待遇を受けることになった。暁美は他人と友達になる方法、そして友達であり続ける方法がわからなかったのだ。だから、物を渡すことで歓心《かんしん》を買って友達となり、それを続けることで友であり続けた。暁美はこの方法で友情を育《はぐく》んでいるつもりだったのだ。

智香は自分の服の前にブラウスを当てて見せた。「どう、似合う？」

「ええ。とっても」暁美は微笑《ほほえ》んだ。だが、正直なところ、似合っているかどうかはよくわからなかった。彼女は自分のファッションセンスに全く自信がなかったのだ。

「だったら、みんなにも見せびらかさなくっちゃ。招集《しょうしゅう》かけるわね」智香は素早くスマホを操作した。

智香の友人たちはみんな智香と似たタイプだった。ヤンキーやギャルとまではいかないが、気真面目《きまじめ》な生徒たちではない。積極的に不良行為は行わないが、機会があれば簡単に落ちてしまうだろう。そんな危うさが外見からも見て取れるような集団だった。

そして、暁美もこの集団に属していることになっていた。少なくとも暁美はそう感じていた。

数十分後、やってきたのは、二人だった。

「あれ？　瑠騎亜《るきあ》と羅羅《らら》だけ？　花蓮《かれん》は？」智香は少し不機嫌そうに言った。

「さあ、知らない。忙しいんじゃね？」瑠騎亜が言った。

「あいつ、せっかく呼んでやったのに……」智香の目が攣《つ》り上がった。

「用って何？」羅羅が尋ねた。

「ああ。これさ」智香はブラウスを見せた。

「何、これ？　ちょっとださくね？」

「おいっ！」智香は羅羅を軽く小突いた。「暁美がプレゼントしてくれたんだよ」

「あっ。ごめん。『ださい』ってのは嘘で、結構可愛いって、これ」

たぶん、嘘でも本当でもない。

暁美は思った。この子たちは、殆《ほとん》ど何も考えずに言葉を口にする。本当にださいと思った訳ではなく、単に勢いで『ださい』と言ったのだ。もちろん『可愛い』というのも口から出まかせだ。だから、どちらも嘘でも本当でもない。何かを伝えたいのではない。ただ、会話をしたいから会話を続けるのだ。

暁美にとって、実のない会話は何ら楽しいものではなかった。だが、これに耐えなければならない。彼らと友達でいるためには、このつまらない会話に付き合わなければならないのだ。

暁美自身も彼女たちのような実のない会話に挑戦しようとしたことはある。天気の話だとか、昨日見たドラマの話だとか、特に落ちも教訓もない話だ。だが、彼ら同士なら、うまく転がるはずの話題でも、暁美が話すと奇妙な緊張が走るのだ。そして、唐突な沈黙。沈黙を破るのは、暁美以外の誰か。その誰かが話すのはとりとめのないどうでもいい話。だが、暁美以外のみんなはその話に乗って、浮かれ出す。

暁美も浮かれたふりをする。そして、勇気を出して自分も会話に参加する。すると、また気まずい沈黙。

何が違うのかわからないが、どうやら自分の発言は根本的に彼女たちのそれとは違うらしい。

数日間、彼女たちと接して、暁美は漸《ようや》く気付いた。

彼女たちは別に暁美に会話に参加して欲しいとは思っていないようだった。会話を盛り上げるのは、暁美の役割ではない。彼女の役割はもっと別のところにあったのだ。

「なんでまた、智香は暁美にプレゼントされてんだ？」瑠騎亜が訊《き》いた。

「そ、それは……サイズがたまたま……」暁美がどぎまぎと説明し始める。

「もっち、親友だからに決まってんじゃん」智香が暁美の言葉を遮《さえぎ》るように言った。

「何、それ？　うちらは親友じゃないってこと？」羅羅が唇を尖らせた。

「えっ？」暁美は何を言われているのかわからずに混乱した。

「親友は智香だけってことじゃん」瑠騎亜も唇を尖らせた。

「そんな訳ないじゃん」智香はにやりと笑った。「みんな親友に決まってんじゃん。だから、暁美がみんなを呼べって言ったんだよ」

ああ。そういうことね。暁美は合点《がてん》がいった。

智香だけではなく、みんなにプレゼントしろって言ってるのだ。それは別に構わない。

最初からそのつもりだった。会話を盛り上げることができない暁美はみんなにプレゼントすることで、それを埋め合わせるのだ。

「そうだよ。みんな親友だから、プレゼントするよ」暁美は明るく言った。

「ホント？　なんかプレゼントくれって言ったみたいで悪いね」羅羅が智香と瑠騎亜と三人で顔を見合わせて笑った。

君、プレゼントくれって言ってたよ。確かに言った。

だが、そんなことはいちいち指摘しない。自分はこの子たちみたいに楽しい話ができない。だから、その代わりにプレゼントするのだ。何もおかしいことはない。人それぞれに役割が違うだけだ。

四人は喫茶店を出ると近くのブティックに行った。店に入ると、もう誰も暁美の方を見ない。みんな必死で、服やアクセサリーの品定めを始めている。

「これいいかな？」瑠騎亜がピアスを暁美に見せた。

「えっ。……ああ……」暁美が思っていたより少し高かった。

どうしよう。

「いいよね。ありがとう」瑠騎亜はさっさとレジに持っていった。

「じゃあ、わたし、これにするね」羅羅は派手な帽子を持ってきた。

値札を見て、暁美は少し驚いた。

それはちょっと高過ぎる。

だが、暁美が口を開く間もなく、羅羅はレジに突き進んでいった。

まあ、いいか。

暁美は溜め息を吐《つ》いた。

友情を保つためには、それなりの見返りが必要だ。次の小遣いの日まではかなりあるが、切り詰めればなんとかなるだろう。

「じゃあ、わたしはこれね」智香はフランス製の香水を暁美の目の前に突き出した。

「えっ？」暁美は目を丸くした。

「何、驚いた顔してるのよ？　これ買ってくれるんでしょ？」

あまりのことに暁美はしばらく声が出なかった。

「……でも……」

「でも、って何？」智香は詰問《きつもん》するような調子で言った。

「……あの……智香には……さっき……」

「わたしにはブラウスだけってこと？　みんな、わたしより高いもの買ってんじゃん！」

智香の目が攣《つ》り上がった。

羅羅と瑠騎亜が二人の方を見た。店員たちもこちらを見て、互いにひそひそ話している。

「わかったわ」暁美は財布を取り出した。

「あっ！　智香だけ、ずるい！」羅羅と瑠騎亜が騒ぎ出す。「ずるい！」はゆっくりと少し上がり調子のアクセントだ。「やっぱり智香だけ特別なんだ！」

「そ、そんな訳じゃ……」

「凄い！　じゃあ、うちらももっと買うね！」二人はけらけらと笑いながら、新たな商品を探しにいった。

今月の小遣いがパーになってしまった。

暁美は肩を落としながら、家路に向かっていた。

三人は誇らしげに買い物袋を持って、どこへともなく去っていった。これから三人で遊びに行くのかもしれない。暁美は誘われなかったが、そのことに不満は持っていない。一緒についていっても、どうせ暁美は浮いた存在になってしまう。

わたしが輝けるのは、あの子たちにプレゼントを買ってあげるときだけ。それ以外のときは光を失ってしまう。暗い自分を曝《さら》すぐらいなら、一人でいる方がましだ。

家に帰ると、両親ともまだ帰ってきていなかった。二人とも仕事が忙しいらしく、帰宅するのはほぼ深夜だった。

暁美はいつものようにスマホを取り出し、SNSに書き込みをする。智香たちと一緒のグループだ。暁美はこれ以外のグループには所属していない。

『今日の買い物楽しかったね。わたしからのプレゼントはどうだった?』

いつものように書き込みはするが、返事はない。それもいつもの通り。このグループに書き込みをするのは、殆ど暁美一人だった。既読は付くが、たいてい返事はない。ただし、暁美がプレゼントを上げようと書き込むとすぐに返信が付く。いつどこで受け渡しをするかを訊いてくるのだ。

暁美は自分以外のメンバーが別のSNSグループを作っていることは薄々気づいていた。彼女たちの会話を聞いていれば、日常密に接していることは伝わってくる。彼女たちはそのことを暁美に隠そうともしていない。単に迂闊《うかつ》だという訳ではなく、暁美に隠す必要性を全く感じていないようだった。隠すなどということは思い付きもしないのだ。暁美はプレゼントをくれる存在なので、そのためのコミュニケーションツールは必要だ。だけど、日常の仲間内のコミュニケーションには暁美は必要ない。だから、普段使いのグループには暁美は入れない。その代わり、プレゼント専用のグループには暁美を入れる。それが合理的だと思っているのだろう。

実は、暁美もそう思っていた。

もし、暁美が彼女たちが日常使っているグループに入れられたりしたら、何を書いていいかもわからないだろう。ただ、呆然と彼女たちの煌《きら》びやかな書き込みを読むだけになってしまう。そんな惨《みじ》めな思いをするぐらいなら最初からグループに入らない方がましだ。彼女に必要なのは「友人たち」にプレゼントをする意思を伝えるためのツールだ。このグループはその目的には充分だ。だから、自分はこれで満足しなければならないのだ。わたしは「友人たち」と繋がっていられるだけで満足なのだ。

すでに夜の九時だ。

暁美は空腹を覚えた。

いつもはコンビニで何か食べ物を買ってきて食べるのだが、今日は持ち合わせがなくなってしまったため、何も買っていない。

冷蔵庫を開けると、納豆や海苔《のり》の佃煮《つくだに》など御飯の伴《とも》みたいなものしかなかった。冷凍庫や野菜室には肉や野菜などの食材がいくらか入っていたが、それで料理を作ろうとは思わなかった。料理など学校の家庭科の実習以外では作ったことがないし、おそらく外で食べて帰って来るであろう両親のことを思えば、自分一人のために料理を作るのは空しく思えた。

台所の戸棚を漁《あさ》ってみたが、インスタント食品やレトルト食品すら見付からない。

最後に冷凍庫の中をもう一度探ってみると、底の方にアイスクリームのカップが見付かった。

これでいいか。

夕飯には似つかわしくないが、まあ、一食ぐらいこんなのでもいいか、と思ったのだ。

蓋を開けて付属の木のスプーンを刺し込もうとすると、ぽきりと折れた。冷凍庫が冷た過ぎて硬く固まってしまったのだろう。

暁美はアイスクリームのカップを電子レンジに入れ、二十秒間温めた。

最高出力だったためか、すっかり溶けてとろとろになっていた。

もう一度冷やそうかと思ったが、冷えるには何時間もかかるだろうし、ここまで溶けたものをそのまま冷やしても、元の通りのアイスクリームにはならずシャーベット状の何かになるだけだろうと思い、そのまま啜《すす》ることにした。

ミルクセーキの出来損ないのようなものを啜りながら、なんだか涙が出てきた。

自分は何も悪くないのに、どうしてこんな惨めな感じなのだろう。

ドアが開く音がした。

帰ってきたのは父だった。

父は眼の辺りが落ちくぼんだ疲れ切った顔をしていた。

「お帰り」暁美はちらりと父を見て、アイスクリーム啜りに戻った。

「ただいま。……どうした？　電気も点《つ》けずに暗がりで食べたりして」

そう言えば、灯りを点けてなかった。

暁美は照明を点けた。

「食事はアイスクリームだけか？」父はテーブルと台所の様子を見て言った。暁美はふだんから片付けをしたりしなかったので、食事を買ってきていないことがわかったようだった。

「うん」暁美は少し迷ってからこう続けた。「もう小遣いがないんだ」

「小遣い？　だってまだ上旬だろ」

「最近、物入りなんだ」

「物入りって？」

ひょっとしたら、今が父に智香たちのことを相談するチャンスなのかもしれない。

そう思った自分に暁美は少し驚いた。

自分には友達がいるんだ。だから、このままの関係を続ければいい。

暁美はずっとそう思ってきた。だが、本当はそう自分に言い聞かせていただけではないのだろうか？　今のプレゼントで繋がった友達関係が何か歪《いびつ》でおかしいと心のどこかで思っていたから、それを両親に打ち明けなければならないと感じたのかもしれない。

でも、打ち明けてどうなるんだろう？　智香たちのことを言ったら、お父さんはもうそんな子たちとは付き合うな、と言うかもしれない。わたしは友達を失うことになってしまう。それでいいの？　それがわたしの望みなの？

でも、ひょっとすると、それが正解なのかもしれない。自分では何が正しいのかよくわからない気がする。お父さんなら——長く大人をしているお父さんなら、友達を失わなくて済むアイデアが何かあるかもしれない。

「お父さん、わたし、ちょっと相談したいことがあるの？」暁美は勇気を振り絞ってこう切り出した。

「ええと」父は溜め息を吐いた。「ちょっと待ってくれないか」

「えっ？」

「ちょっと今大変なんだ」

「大変って？」

「仕事のことでね」

「仕事？」

「おまえは気にしなくていい。ただ、ちょっと大変なんで、他のことを考える余裕がないんだ。お金が要《い》りようだったら、お母さんに相談してくれるかな？」

仕事のことで頭がいっぱいだから、娘の相談に乗っている暇はないってこと？　耳を疑うわ。

「もういいわ。何でもないから」暁美はつっけんどんに言った。

「すまん。ちょっと言い過ぎた。何があったんだ？　言ってごらん」暁美の様子を見て父は少し気になったようだった。

「もういいって。たいしたことじゃないから」暁美は父の態度に臍《へそ》を曲げてしまった。

考えてみたら、親に相談する程のことじゃない。とりあえず、お母さんに小遣いを貰えばいいわ。何かそれらしい理由を言えば、きっと出してくれるはずだし。

母が帰ってきたのは、それからさらに二時間後だった。

父はすでに風呂に入って、床《とこ》に就いている。

「あら、暁美、今日は随分遅くまで起きているのね。宿題でも溜まっているの？」母は父よりもなおいっそう疲れた表情をしていた。化粧が汗で取れかけていて、そこはかとなく中年の臭いが漂っている。

「おかあさん、お願いがあるんだけど」

「何？　小遣いでも欲しいの？」

なんだか、心の中を見透かされたような気分になった。父よりも母の方が敏感なのかもしれない、と思った。

「……えっ。まあ、うん……」暁美は曖昧《あいまい》な返事をした。

まだ、上旬でしょ、とか、いったい何に使ったの、とか、そういう反応を予想し、それに対する答えを慌《あわ》てて頭の中で組み立てる。

もうすぐ智香の誕生日なんだ。みんなで相談して、お金を出し合って、パーティーを開こうかってことになったの。プレゼントは一人ずつより、みんなで一緒に何か大きなものを買おうってことになったの。だから、みんなと同額にしなくちゃならなかったのよ。それで足りなくなっちゃって……。

自分ながら、説得力のない嘘だと思った。みんなで同額出す必要などないし、暁美が小遣いを使い切るだけの額をみんなが出したとしたら、中学生の誕生日会にしては豪勢過ぎる。子供にしては使い過ぎだと、普通なら気付くだろう。

「いいわよ」母は言った。

「えっ？　いいの？」

「小遣いなくなったんでしょ」

「うん」

母は財布を開けた。「あっ、ごめん。そうだと知ってたら、銀行で下ろしてきたんだけど、今持ち合わせがないわ」

それなら、それでいいわ。

暁美は内心ほっとしていた。暁美の説明すら聞かずに金を出そうとした母に少しショックも受けていた。

「あっ！」母が声を上げた。「よかったら、キャッシュカード貸そうか？　暗証番号知ってるよね？」

暁美はごくりと唾を飲み込んだ。キャッシュカードがあれば何十万円でも引き落とせる。それを貢物《みつぎもの》として差し出せば、智香たちから絶大な信頼を受けることになるだろう。

ありがとう、それでいいよ、という言葉が喉まで出掛かった。

駄目だ。さすがにそんなことをしたら、いくら何でも取り返しが付かないことになる。

暁美は何とか自制した。

「あっ。大丈夫。まだ少し小遣い残ってるから、明日の晩でもいいんだ」

それだけ言うと、暁美は逃げるように自分の部屋に向かった。

ベッドに入ってもなかなか寝付けなかった。

父のそっけなさにも腹が立ったが、母のあまりの寛大さにももやもやとしていたのだ。

いや、あれは寛大さなんかじゃない。無関心だ。わたしのことを気に掛けていたなら、まず何のためにお金が必要なのかということを尋ねるはずだ。お母さんは、金額さえ聞かずに、キャッシュカードを渡そうとした。これはつまり、わたしと関わるのが面倒なんだ。面倒なことを言われるぐらいなら、金を渡して黙らせればいい。そう思っているという証拠なんだ。

そのとき、腹の虫が鳴った。

夕食が溶けかけたアイスクリームだけだとやはり足りないようだ。だが、もう夜中の二時過ぎだ。今更、ごそごそ起き出して、何か食べたいと両親に言うのは気が引ける。二人とも、疲れてぐっすりと眠っているだろう。

仕方がないので、豆電球の光でぼんやりと照らされた天井を眺める。

ん？　あれは何？

天井の端の方にすじ状のものが見えたのだ。長さは二、三十センチほどだろうか。前からあったのかな？　それとも最近できた？

じっと見ていると、単なるすじというよりは立体的な隙間のようにも見えてきた。

やだ。まさかあそこから雨漏りしたり、ごきぶりや鼠《ねずみ》が出てきたりするんじゃないよね。

暁美はだんだんと心配になってきた。

ベッドからは遠い位置だったので、灯りを点け、勉強机の椅子をすじの下辺りに移動させた。

気を付けて、攀《よ》じ登る。

やはり、立体的な隙間のように見えた。すじの近くの天井を指で押してみると、少しぐらぐらと動いたような気がした。

どうしよう？　明日、お母さんかお父さんに言ってみようか？

さらに何回か指で押してみる。天井の裏側で何かがずるずると動いたような気がした。

何？　虫？　鼠？　まさか、蛇《へび》とかじゃないよね。

隙間からするりと薄っぺらいものが飛び出し、床に落下した。

煙のような埃《ほこり》が噴き出した。

何、これ？

暁美は椅子から降りた。

男の子はエッチな本を天井裏に隠すとか聞いたことがある。これって、それ？　でも、家には男の子はいない。ひょっとして、お父さん？　いや。仮にお父さんがエッチな本を持っているとしても、娘の部屋に隠したりはしないわ。うちは新築マンションじゃなくて、中古の部屋を買ったって聞いたことがある。これは前の持ち主の家族の誰かが隠したエロ本なのかもしれない。

暁美はすっかりエロ本だと思い込んで、興味本位で薄っぺらいものを拾い上げた。

何、これ？

それは本のようなものだったが、エロ本ではなかった。手作りの本、もしくはノートという感じだった。

表紙には読みにくい文字が書かれていた。漢字のようだ。

杜、子、春？　何て読むの？　としはる？　それとも、とししゅん？

「としはる」だと人の名前っぽいけど、「とし」が音読みの当て字で、「はる」だけ訓読みというのも変な感じがした。

名前だと中国の人っぽい。中国語の正確な発音はわからないけど、そうだとしたら、「とししゅん」に近い発音なんだろう。

暁美はとりあえず「とししゅん」と読むことにした。

紙の材質は暁美が普段手にしているようなＯＡ用紙やノートとは全然違っていた。なんというか、ざらざらとしてしかも湿っている感じだ。色も白くない。青い部分としみらしい茶色い部分が斑《まだら》になっていて、しかもしわくちゃだ。たぶん、元々の色から変色してしまっているんだろうと思った。何か薬品と埃が混ざったような臭いがした。

これって、たぶん青焼きってやつだ。

小学校の頃、理科クラブで先生に見せて貰ったことがある。日光写真の実験をしたときに、よく似た原理で青焼きというのがあると聞いた。つまり、書類を重ねて光を当ててると、文字や絵のないところだけ、白く抜けて、文字や絵が青く残るという写真のようなものだ。昔はコピーの代わりに使っていたけど、すぐに劣化して読めなくなるので、今では廃《すた》れてしまったそうだ。

きっと、これは青焼きの書類を綴《と》じて作った本なんだ。

青焼きは原理的に両面コピーできない。ぱらぱらと捲《めく》ると、表だけ色がついた紙を二つ折りにして、ページを作っているので、とりあえず本のように読めるようだった。

へえ、面白い。

暁美はその本に興味を持ち、中身を読んでみる気になった。

だが、そう簡単には読めなかった。相当古いものらしく、変色して字が殆ど読めなかったのだ。

とりあえず、「杜子春」という文字がたくさん書かれていたので、これは杜子春についての物語らしいことはわかった。

どうやら彼は仙人の弟子か何からしいのだが、何かの不始末で、地獄に落とされたらしい。それで地獄の責め苦を受けた後、一度生き返って今度は暗闇の中に閉じ込められたようだ。初めて読む物語だ。奇妙だが、どうにも興味を感じた。

最後の辺りを開いてみた。

残念ながら、薄くなり過ぎて、ほぼ判読できない。読める部分を探して、ページを遡《さかのぼ》る。すると、あるページで、この一行だけが読めた。

〈そこの人、わたしがわかりますか？〉

不思議な文章だ。まるで、読者に呼び掛けているみたいな気がする。

暁美はちょっとした悪戯気分で、机の上の鉛筆立てからシャープペンシルを取り出し、さっきの行の隣に書き込んだ。

「はい。わかりますよ、杜子春さん」

その瞬間、本が震えたような気がした。

えっ？

晩美は本を取り落した。

本は伏せたような形になって床に落ちた。

何、今の？　まるで、本が返事したみたいな感じだったけど……。まさかね。

恐る恐る暁美は本を拾い上げ、さっきのページを見た。

〈よかった。でも、どうしたわたしの名前を知ってるんですか？〉

これ何？　どうして、こんな文章があるの？　急に浮き出してきたの？　でも、そんな感じじゃない。最初からここに書いてあった感じがする。ひょっとすると、物凄く薄いからさっきは光の加減で見えてなかったのかしら？　きっとそうだ。

暁美はもう一度角度を変えたり、光を当てたりして、そのページの他の文章を読もうとしてみたが、さっき読めた二行と暁美自身が書き込んだ文章以外はぼそぼそとした模様のようにしか見えなかった。

やっぱりさっきは気付かなかっただけで、最初から書いてあったんだ。

暁美はそう思い込もうとした。しかし、なぜか気になった。

もし本当にこの本がわたしに答えたのだとしたら？

魔法の本が実在すると信じる程に幼くはない。だけど、奇妙な感じがするのは間違いない。このままだと、とても気持ち悪い。これが妄想なのか、そうでないのか、はっきりさせたい。

だけど、そんな方法はあるの？

ある。

「この本にあなたの物語が書いてあるから」暁美はそのページに書き込んだ。

本が震えた。

いや。本じゃないわ。わたしの手が震えたんだ。

暁美は思わず声を出して笑ってしまった。

緊張のあまり自分の手が震えたのを本が震えたと錯覚したんだ。わたしって、本当に怖がりなんだから。

苦笑いしながらページを捲った。

〈そうなんですか。わたしのことを書いた本があるんですね〉

「ひっ！」暁美は声を出してしまった。

彼女は本を閉じ、机の上に置いた。そして、ベッドに仰向けになり、何度か深呼吸した。

わたし本と会話した。いや、比喩的《ひゆてき》にそういうことはあるけど、今は実際に会話したとしか思えない。これは何かのトリック？ このぼろぼろの本みたいなのは、実は最新テクノロジーで作られた携帯端末か何かで、わたしの文章に対して、誰かがどこか離れた場所からリアルタイムで返事を書いてるんだ。今このわたしの慌てふためいている様子をこの部屋のどこかに仕掛けてある隠しカメラで撮影して、それを見て楽しんでいるやつがいるんだ。

暁美はきょろきょろと周囲を確認しながら、もう一度机の上の本を取り上げ、開いた。そして、机の前の椅子にきっちりと座り、姿勢を正して、書き込んだ。

「あなたにわたしは見えているの？」

目に見える変化がある訳でもないし、音がした訳でもないが、何か反応があったような気がする。だが、ページに変化はない。

ぱらぱらと捲ってみる。

関係ないページにこんな文章が見付かった。

〈はっきりしないんですよ。遠くに見えているような気がするのですが、あれがあなたなのかどうかよくわかりません。因《ちな》みに、あなたの名前を教えて貰っていいですか？〉

明らかに会話が成立している。これは一種の交換日記のようなものらしい。超ハイテクなのか、心霊現象なのかはよくわからないけど。

「わたしは暁美」

〈暁美さん、あなたにはわたしが見えてるんですか？〉

「う～ん。どうかな？　この本があなただとしたら、見えているのかも」

〈わたしは本ではありません。だとしたら、見えてないんですね。残念ですが〉

「どうして、この本に書きこんだら、会話ができるの？」

〈よくわかりません。そもそも、こっちには本なんかないですし。……ひょっとすると、仙術の類《たぐい》かもしれませんね〉

「そう言えば、あなたは仙人の弟子だとか書いてあったわね。孫悟空《そんごくう》みたいなもの？」

〈正確に言うと、まだ弟子ではないんですよ。弟子になるための試験を受けている途中というか……〉

「でも、あなた死んで地獄に行ってなかった？」

〈そうなんですよ。でも、それも試験の一部なんです。……変に聞こえますか？〉

「変。物凄く変」

まあ、それを言うなら、こうやって、本とチャットしているわたしも随分変だけど。

〈その本にはわたしの人生について詳しく書かれていますか？〉

「書いてあるのかもしれないけど、薄くなってて殆ど読めない」

〈では、まずはわたしの身の上話でもしますか。もし、あなたが嫌でなければですが〉

暁美は時計を見た。すでに午前三時を回っている。今から眠ったら、余計に朝が辛いだろう。もう徹夜するしかない。

「わたしは構わない。話してみて。わたしも自分の話をするから」

〈わたしは唐の国の洛陽という都に住んでいました。両親が残してくれた財産でそこそこ裕福な暮らしをしていました〉

「わたしが住んでいるのは日本よ」

〈日本というのは場所の名前ですか？〉

「国名よ」

〈聞いたことがありません〉

「その割には日本語が上手だけど？」

〈わたしは日本語を話しているつもりはありません〉

「じゃあ、きっと、これも仙術か超ハイテクのおかげね」

〈あなたが納得できるのなら、そういうことで構いません〉

「続きを話して」

〈わたしは放蕩《ほうとう》の限りを尽くして財産を使い果たしてしまいました〉

「駄目じゃん」

〈駄目です。友達もいなくなり、家も失ってしまったわたしは、いっそのこと自殺でもし

ようかと街を彷徨《さまよ》っていました。そこにやってきたのが、鉄冠子です〉

「誰？　女の子の名前にしては、ごつごつした感じだけど」

〈仙人です。女の子ではなく老人の〉

「昔は男子も『子』ってついたのね。小野妹子《おののいもこ》みたいに」

〈妹子さんというのは、あなたの知り合いですか？〉

「知らない人よ。妹子のことは気にしないで話を続けて」

〈鉄冠子はわたしを憐れに思ったのか、財宝を授けてくれました〉

「財宝って、どのぐらいの？」

〈車に載りきらない程の黄金です〉

「ざっくりした感じでいうと、何十億円とかになりそうね。ひょっとしたら百億円以上かも」

〈円？〉

「お金の単位よ。気にしないで。でも、それだとお金持ちになって、めでたしめでたしじゃないの？」

〈まあ、めでたかったですね。大勢の友達が戻って来たし〉

「その友達って、あんたが貧乏なときに見捨てたんじゃないの？」

〈そうですよ〉

「それなのに、また友達に戻れたの？　そいつらって、単にお金目当てなんじゃないの？」

〈だって、人ってそういうものでしょ？〉

そういうものじゃない。

そう書こうと思った瞬間、胸の中で何かが疼《うず》いた。

お金目当ての友達——智香たちの顔がちらついた。

〈わたしは世界中の美女や芸人を集めて、毎晩宴会を開きました〉

「そんな昔でも世界から人が来たんだ」

〈天竺《てんじく》とか波斯国《はしこく》とか大秦《だいしん》から人が来ていましたね。まあ、それほど多くではないので、当時では珍しかったのですが。そうこうしているうちに、黄金が底を突き始めました〉

「あんた、馬鹿じゃないの？」

〈あとから思うと、そうなんですが、目の前に金があると、つい使ってしまうもんなんです。金がなくなると、また友達たちはどこかに行ってしまいました〉

「それでどうしたの？」

〈街の中で、どうしたものかとぼうっとしていると、また鉄冠子がやってきて、黄金を授

けてくれたのです〉

「鉄冠子、随分お人よしね。縁もゆかりもないあんたに二度も黄金をくれるなんて」

〈仙術で出してるんで別に自分の腹は痛まないんじゃないでしょうか〉

「道楽で怠け者を助けてくれたってこと？」

〈そのことについては、後で話します。金持ちに戻ったわたしは、また世界中の美女や芸人を集めて、毎晩宴会を開きました。友人たちも戻ってきてくれました〉

「ひょっとして、また使い果たしたんじゃないでしょうね」

〈性格は簡単に変えられないですからね〉

「呆れ果てるわ」

〈どうしたものかと街の中で途方に暮れているとまた鉄冠子が……〉

「ちょっと待って。この話、延々続くの？」

〈わたしもそこまで馬鹿ではありません。いくら金持ちになったとしても、金がなくなれば、友人は友人でなくなってしまいます。そんなことを繰り返しても空しいばかりです〉

「もう金持ちになるのは諦めたのね」

〈それも無理です。わたしにはもう贅沢が染みついていますからね〉

「じゃあ、どうしたの？」

〈自分も仙人になろうと思ったのです〉

「自分が仙人になったら、黄金出し放題ってこと？」

〈いや、仙人になれたら、黄金を出す必要すらないでしょう。必要なら、食べ物や美女を直接出せばいいんですし〉

「友達もね」

〈……友達はもういいかもしれません……〉

杜子春の文字は気のせいか、力なく、なんとかぎりぎり読めるぐらいの薄さだった。

「それで、弟子にして貰ったのね」

〈まず、弟子になるために試験があったのです〉

「それって、難しいの？」

〈難しいと言えば難しいですが、簡単だと言えば簡単です〉

「つまり、どういうこと？」

〈留守番を頼まれたのです。ただし、鉄冠子が戻ってくるまでは決して声を出してはいけないと言われたのです。もし声を出したら、弟子にはしないぞ、とも〉

「それが試験って訳ね」

〈わたしはそう解釈しました。留守番といっても、家の中ではなく、真夜中の山中の岩の

上なので、心細いことこの上ありません〉

「でも、黙っているだけだから、楽なんじゃない？」

〈ところが、鉄冠子がいなくなるとすぐに天変地異《てんぺんちい》は起こるわ、妖怪たちが襲ってくるわ、で大変なことになったのです〉

「きっと、それは仙人が試験のために仕込んだやつだから、どんと構えてればいいのよ」

〈わたしもそう思ってました。そしたら、妖怪の大将級のやつがきて、喋《しゃべ》らなければ殺すぞ、と脅したのです〉

「どうせはったりだよ」

〈わたしもそう思って、高を括《くく》ってました。すると、剣で刺し貫かれて死んでしまいました〉

「えっ？」

〈そうして、わたしの魂は地獄に落ちて閻魔大王の前に引き摺られていきました〉

「何で死ぬまで喋らなかったの？　死んだら、どうせ仙人になれないんだから、元も子もないじゃない」

〈わたしも一瞬そう思ったんですよ。だけど、どこまで鉄冠子の仕組んだことなのか、これが本当のことなのか、判断が付かなかったんです。だから、最後まで迷っていたら、胸

を刺し貫かれてしまったんです。で、閻魔大王の裁きが始まるんですが、それが不思議なことにわたしに喋らそうとするのです〉

「あっ。それ怪しいわ」

〈わたしもそう感じました。だから、わたしは何も喋らなかったのです。そうしたら、なんと閻魔大王はわたしを地獄の責め苦に掛けろと言うのです〉

「それもたぶんフェイクよ。きっと、痛みなんかないんだわ」

〈ところが、それは本当に痛かったのです。まさに地獄の苦しみでした〉

「だとしても、それは幻の痛みなんだから無視すればいいのよ」

〈他人事《ひとごと》だから、そんなことが言えるんです。痛みに幻も本当もありません。痛いものは痛いのです。だから、声を上げてしまいました〉

「駄目じゃん。それでどうなったの」

〈気付いたら、目の前に鉄冠子がいました。そして、おまえはもう仙人になれないと宣言されました〉

「それから、どうなったの？」

〈どうにもなりません。気を失って気が付いたら、こうなっていたのです〉

「こうなってたって？」

〈こんな状況です。いずれとも知れない場所であなたを見付けたのです〉

「ふうん」暁美は腕組みをしてしばらく考え込んだ。そして、徐《おもむろ》に書き込んだ。

「だいたいわかったわ」

〈何がわかったんですか?〉

「あんた、とうとう本当に死んでしまったんだと思う。だから、霊になって、この本に取り憑《つ》いてるんだ」

〈そんなこと信じられません〉

「でも、それ以外の解釈ある?」

〈じゃあ、わたしはどうすればいいんですか?〉

「お祓《はら》いでもして貰うしかないよ」

〈祓われたら、わたしは幸せになるんでしょうか?〉

「そんなこと知らないし」

〈そんな無責任な〉

「いや、元々責任なんかないし」

〈……確かにそうですね〉

「どうしたの?　急に殊勝《しゅしょう》になって」

〈いい気になって何度も莫大な財産を浪費して、かと言って、声を出さないでおくなんて簡単な言い付けすら守れないんだから、死んで当然なのかもしれないです。でも、それでもやっぱり地獄には落ちたくないんです〉

　そんな身勝手な、と一瞬思ったが、考えてみたら、親の金を湯水のように使っている自分だって、杜子春とはそんなに変わらないような気がする。もしわたしが今死んだら、杜子春のように地獄に落ちてしまうのだろうか？

「わかったわ。お祓いはしないでおく」

〈ありがとうございます〉

「その代わり、わたしの相談に乗ってくれない？」

〈何も持っていないわたしが何かの力になれるとは思いませんけど〉

「そんなことはない。あんたは立派な財産を持ってるわ」

〈何のことですか？〉

「失敗という経験よ。失敗は成功の基《もと》って言うでしょ」

〈失敗を活《い》かせる人って、実は少ないんですよ。たいていの人は同じ失敗を繰り返すのみです。……いいでしょう。わたしで良ければ相談に乗りましょう〉

「わたしの友達のことなんだけど……」

暁美は自分の悩みについて、正直に話した。

ふだん仕事が忙しくて、娘の自分と殆ど会話すらしない両親がその埋め合わせに、多めの小遣いをくれること。友達との接し方が苦手な暁美はその小遣いを利用して、友達の歓心を買おうとしていること。でも、最近では要求が大きくなり過ぎて、怖くなってきていること。

〈おんなじですね〉

「わたしとあんたが？」

〈あなたの両親とあなたがです。あなたとあなたの友達と言ってもいい〉

「どういうことかわからないんだけど」

〈あなたはどうすれば友達との関係を築けるかわからなかったので、物で釣ったと言いましたね〉

「要約すると、そうなるかもね」

〈あなたの両親も同じなんです。娘とどう接していいかわからなかったから、お金で釣ったのです〉

「言い方！」

〈小遣いをもらうことで、あなたは両親の愛を実感しましたか？〉

「それはどうかな？　ちょっとわからないな」

〈友達だって、同じです。物を貰ったからって、あなたとの友情を実感したりはしないでしょう〉

「じゃあ、どうしたらいいの？　わたしがプレゼントを渡さなくなったら、きっとあの子たち離れていくわ」

〈それでいいんじゃないですか？　わたしが金持ちだったときは家に大勢の友人たちが集まってきていました。そこで飲み食いしたり、わたしがくれてやる珍しい品物を持って帰ったりするのです。つまり、彼らはわたしに恩があるはずです。ところがどうでしょう。わたしが貧乏になると、誰一人見向きもしません。つまり、彼らは持っていくばかりで、何もわたしに与えてくれなかったのです。あなたの友達も同じです。あなたから奪うばかりで、何もあなたに与えてはくれないでしょう〉

「でも、あの子たちにプレゼントしなくなったら、わたし一人ぼっちになってしまうわ」

〈今でも一人ぼっちなんですから、そうなっても何も変わりませんよ〉

暁美は本を閉じると、床に投げつけた。

何だよ！　なんでそんな酷《ひど》いこと、言うんだよ！

そして、腹を立てながら、どうしてそんなに腹が立つんだろうと思った。

図星《ずぼし》だからだ。杜子春の言ったことは当たっている。わたしは今でも一人ぼっちなんだ。あの子たちはわたしといて何も楽しくなんかないし、わたしだって楽しくない。あの子たちはプレゼントを貰うために我慢してわたしと付き合ってるんだ。

じゃあ、わたしは何のために我慢しているの？

あの子たちと友達でいるため？　でも、それっておかしい。あの子たちと友達でいても何も楽しくないのに、どうして我慢して付き合っているんだろ？

暁美はますます混乱した。自分が何を望んでいるのか、わからなくなってしまったのだ。

彼女は本を拾い上げた。

「友達って、どうして必要なの？」

〈動物には、群れを作るものと単独行動するものがいますよね？　人間は群れを作る方なんです〉

「つまり、本能ってこと？」

〈そうです。実際、それで役に立つこともありますから〉

「どんな役に立つの？」

〈金持ちの友達がいれば、只で飲み食いしたり、物品を貰ったりできます〉

「金持ちの方はどういう得があるの？」

〈真の友がいれば、財産を失ったときに助けてくれるでしょう〉

「あんたの友達は助けてくれなかったじゃない」

〈わたしには、真の友がいなかったからですよ。あなたにはいるんですか?〉

「わからない」

嘘。わかっている。わたしには真の友なんかいない。

〈もし利用されているだけなら、もう友達づきあいはやめることです。金や物の繋がりは脆《もろ》いものです〉

「そんなことをしたら、一人になってしまう」

〈あなたには家族がいるじゃないですか〉

家族?　そう。わたしには両親がいる。だけど、わたしは小遣いを貰うために利用しているだけ。そう。わたしも智香たちと同じだ。両親とは金で繋がっているだけだ。

「家族といっても、わたしが両親を利用しているだけなの。それに気付けば、両親だって、わたしを捨てるかもしれないわ」

〈家族は見返りなど求めていないでしょう〉

本当に?　両親はわたしに普通より遥かに多い小遣いをくれている。でも、それって、単に責任逃れなんじゃないの?　愛情を掛けられないから、金で補っているだけ。本当はわたしが重荷で、でも捨てる訳にはいかないから、渋々育てているだけ。単に義務だから育てているだけで、そこに愛はないのかもしれない。

「杜子春、教えて。子供を愛さない親って、本当にいないの？」

〈親が子供を愛するのは当たり前のことです〉

「そうかしら？　親が子供を殺すことって、そんなに珍しくはないわ」

〈それは特別な場合です〉

「わたしの親が特別かもしれないじゃない。絶対に特別じゃないって言い切れる？」

暁美は杜子春に反論して欲しかったのだ。完膚《かんぷ》なきまでに論破して欲しかった。だが……。

〈絶対に子供を愛さない親がいないとは言い切れません〉

やっぱり……。

暁美は落胆した。杜子春はわたしを論破できないんだ。

〈だけど、こちらが相手を信じなければ、相手もこちらを信じられないのではないでしょうか？〉

「愛して貰うために、こっちも向こうを愛せということ？　それって取引じゃん。愛ってそんなものなの？」

〈そうではありません。信じることと愛は違います。信じてなくても愛することはできます〉

屁理屈ばっかり！

暁美はまたむかっ腹が立ってきた。

考えたら、こいつって、金使うしか能のない駄目男じゃん。なんで愛なんか語ってるの？

窓から朝日が差し込んできた。

一晩中、霊と話し込むなんて馬鹿みたい。つまり、これって徹夜でこっくりさんしてたってこと？

「もういいわ！」暁美は本を閉じた。一瞬、捨ててしまおうかとも思ったけれど、霊的なものをごみ扱いするのも気が引けるので、机の上に置いておくことにした。

「えっ!?　今日って、プレゼントないの!?」にこにこしていた智香の顔が急激に険《けわ》しいものになった。

「ごめん。小遣いがなくなっちゃって……」

今日、二人がいるのは喫茶店ではない。コンビニのイートインコーナーだ。今日、暁美には喫茶代などなかった。そのことも、智香は気に入らないらしい。

「小遣いないって、何だよ!? 親、いんだろうがよ！ せびれよ！」

「小遣い日はまだ先だから……」

「そんなのうちらには関係ないだろ！ 何だよ！ こっちは忙しい中、わざわざ出てきてやってんだぞ！」

瑠騎亜と羅羅と花蓮がやってきた。

「どうした、智香？ ずいぶん怒ってるじゃん」羅羅がへらへらと言った。

「こいつ、金、持ってないんだって！」

「まじ最低」瑠騎亜が言った。

「ほんと、むかつく！」

なぜ、わたしは責められてるんだろう？

暁美は思った。

わたしはこの子たちに何か悪いことをした訳じゃない。それどころか、今までプレゼントをし続けてきたのだから、むしろ感謝されるべき立場だ。それなのに、どうして責められなければならないんだろう？

彼女たちが暁美を見る目付きには恨みが籠《こも》っている。

暁美は漸く気が付いた。

この子たちはわたしからプレゼントを貰うことが当たり前になっているんだ。だから、プレゼントを貰ってもプラスとは感じないんだ。貰うのが当然だから、それでゼロということだ。だから、プレゼントを貰えなかったら、マイナスということになる。わたしがプレゼントを渡さないことが彼女たちにとっては、何かを奪われたように感じるということだ。

暁美が犯した間違いは、彼女たちを甘やかし続けてきたことだったのだ。杜子春を見限った友人たちも同じ心境だったのだろう。杜子春の話を聞いたとき、その友人たちのことを酷いやつらだと思ったけれど、その友人たちは杜子春を恨んでいたのかもしれない。

杜子春の野郎、許せない！　どうして貧乏になっちまったんだよ！　あいつに金がないと俺は遊んで暮らせないだろ！

という感じで。

離れなきゃ。

暁美は決心した。

この子たちから離れないと、わたしは駄目になってしまう。この子たちは決して満足しない。わたしが壊れるまでしゃぶり尽くして、そして何も出なくなったら、わたしを捨ててまた新しい餌食《えじき》を探しにいくんだ。

「わたし、もう帰らないと……」暁美は掠《かす》れ声で言った。

さっきまでちょっと派手なぐらいにしか見えなかった智香たちの姿が急に恐ろしげなものに見えてきた。穏やかそうな表情に騙されていたけれど、その薄っぺらな仮面がはずれた今、彼女たちは筋金入りの悪党に見えた。

暁美はごくりと生唾を飲み込んだ。身体ががくがくと震え始める。

駄目。怖がっているのがばれちゃう。

暁美は冷静を装う努力をし、手探りで鞄《かばん》を摑もうとした。だが、あったはずの鞄がない。

「今、帰るとか言った？」智香の声はたっぷり一オクターブは低くなった。

「うん。今日は家族とご飯食べに行くから」

両親が家にいないと思われないように、咄嗟《とっさ》に嘘を吐《つ》いた。

「あんたんとこ、いつも帰りが遅いんじゃないの？」

「今日は……記念日だから」

「記念日って何だよ。普通は誰かの誕生日とか親の結婚記念日とか言うよな。適当にでっち上げられないなら、嘘なんか吐くなっつうんだよ！」

帰りたい。鞄を探さないと。

「おまえ、何ごそごそしてんだよ！」瑠騎亜が大声を出した。

店員が驚いて、こっちを見た。

大丈夫。店員がいるから、この子たちは無茶なことはしない。

「……鞄……わたしの鞄知らない？」

「何だよ⁉ うちらが盗んだとか言いたいのか⁉」

「そんなことは言ってない。鞄が見付からないと言っただけ」

「ここにいるのは、おまえとうちらだけなんだから、鞄がないって言ったら、うちらが盗《と》ったと言ってることになんだよ！ ああ？ うちらを泥棒だっつってんだな⁉」

全くの言い掛かりだけど、この子たちが泥棒だというのは、ある意味合っている。見返りのないプレゼントを延々要求し続けていたんだから。でも、あれはわたしの意思で渡したことになっているから、犯罪にはならない。だけど、鞄を盗ったのなら、れっきとした犯罪だ。いったい、どこに隠したんだろう？

「泥棒とか絶対に言わない。だけど、もしわたしの鞄に心当たりがあるんだったら、教えて」

暁美は鞄を半ば諦めかけていた。鞄や鞄の中身は大事だが、このまま彼女たちに絡まれ続けるのは相当辛い。もう鞄は諦めて、この場から逃げた方がずっとましかもしれない。

「ひょっとしたら、わたし鞄を持ってきてなかったかもしれない」暁美は椅子から立ち上がった。「確かめにいったん家に帰るわ」

「そんなに急がなくていいよ」智香は暁美の肩を掴んで押し戻した。凄い力だ。

この子たち、何か企《たくら》んでいる。もう、鞄は諦めてすぐに帰った方がいい。何なら、帰る帰らないで、警察沙汰になるぐらいの騒ぎになった方がいいかもしれない。暁美が悪くないことは店員が証言してくれるだろう。

「すぐに帰るわ」暁美は智香の手を振り払った。

「おまえ、何すんだ！　痛いじゃないか！」

店員がこちらにやってきそうになった。

こうなったら、店員に助けを求めよう。もう少し近付いたタイミングで、いっきに近付けば、この子たちに邪魔はできないはずだ。

ちらり店員の方を見た。眼が合った。

今だ！

「鞄あるじゃん！」花蓮が店の奥の隅を指差した。

暁美の位置からは棚の陰になっていて、よく見えなかった。彼女は立ち上がって、棚の向こう側を見た。

わたしの鞄だ。

暁美は自分の鞄の元に向かった。鞄を持ち上げる。

あれ？　こんなに重かったかな？

そのとき、智香たちが走り寄ってきたことに気付いた。

今、逃げないと、厄介なことになるかもしれない。

暁美はコンビニから飛び出した。

「あいつ、万引きしたよ！」智香が暁美を指差した。

「えっ？」暁美は驚いて立ち止まった。

「君、ちょっと待って！」店員が呼び止める。

智香たち四人はきゃっきゃと笑いながら、暁美のすぐ横を擦り抜けて、どこかに行ってしまった。

店員は店を出て、暁美に近付いてくる。

暁美は凄《すさ》まじい胸騒ぎを感じた。このまま逃げようかと思った。だが、逃げ切れるとは限らない。逃げることで自分の立場をさらに悪くしてしまうかもしれない。それに、店内には防犯カメラがあるので、暁美の顔は記録されてしまっているだろう。

そうだ。防犯カメラだ。きっと、防犯カメラの映像が暁美の無実を証明してくれる。だから、逃げない方がいいんだ。

「君、鞄の中を見せて貰っていいかな？」

「信じて貰えないかもしれませんが、この鞄に入っているものを盗んだのは、わたしじゃありません」暁美は泣きそうになるのを堪《こら》えて言った。

「話は後だ。まず鞄の中を見せて貰おう」

暁美は溜め息を吐き、鞄を開けた。菓子やジュースや酒が転がり落ちてきた。

「これはレジを通してないね」

「はい。でも……」

「君の友達が鞄に入れたって言うんだね」

「そうです」

わたしの言ったことを理解してくれてる！

暁美は微かな希望を見出した。「防犯カメラの録画を確認して貰えればわかると思います。あの子たちがわたしの鞄に入れたんです」

「でも、店から持ち出したのは君だ。店の品物を鞄に入れるまではグレーなんだ。店を出る前に金を払うつもりだと言われたら、反論は難しい。だけど、レジを通さずに外に出たら、もうアウトだ」

「つまり……」暁美の唇は小刻みに震え出した。「わたしが全部悪いってことですか？」

「そうは言ってない。だけど、一方的に君が被害者だと判断する根拠は僕にはない」

「あの……わたしは、どうなるんですか？」

「店のルールでは、どんなに少額の万引きでも警察に連絡することになっている」

暁美は目の前が真っ暗になった。「警察は困るんです」

「困るだろうね。だけど、僕はこの店の店員に過ぎないんだ。勝手に君を見逃すわけにはいかない」

「お願いします。わたしは無実なんです」

「印象としては、僕も君は無実だと思う。だけど、一連の出来事は録画されてしまってるんだ。独自の判断で君を放免したら、僕が馘《くび》になってしまう。自分が大事だというばかりじゃない。自分の権限を越えないことは重要だと思うんだ。万が一、君が僕の印象に反して万引き犯だとしたら、到底責任を負い切れないからね」

「だったら、店長に聞いてください。店長がOKを出せばいいんでしょ？」

店員は溜め息を吐いた。「本当はこんなことしてられないんだけどね」

店員は携帯電話を掛け始めた。「もしもし、店長ですか？　岩井《いわい》です。……あの……万引きがあったんですが……いや。まだ警察には……その、捕まえた女の子がですね、友達に嵌《は》められたと……はあ。証拠はないんですが、たぶん嘘は吐いてないと……そうですか。はい。わかりました。では……」

「わたしに代わってください。わたしから店長さんに説明します」

「女の子が電話に出たいと言ってます。……はい。それはそうですね。……わかりました」店員は電話を暁美に渡さず、そのまま電話を切った。

「駄目でしょうか？」暁美は恐る恐る尋ねた。

「駄目だね」店員は残念そうに言った。「今から警察を呼ぶから、待っていてくれ」

「どうしても駄目なんでしょうか？」

「どうしても駄目だ。もし君が無罪を主張するなら、君の口から警察に主張してくれ。もちろん、店の録画も警察に提供するし、必要なら僕も証言する。だけど、気の毒だけど、君が嵌められたという決定的な証拠はないと思うよ」店員は警察に電話した。

警察に着くと、暁美は個室につれていかれた。部屋の中には男性と女性の警官が一人ずついた。女性は暁美の母親と同年代ぐらいに見えた。男性の方はまだ二十代らしい雰囲気だった。

暁美の前には女性の警官が座った。

「ええと。なぜ、ここにつれて来られたか、わかってる？」女性警官は優しく語り掛けてきた。

「はい」

警官は名前と住所と学校を尋ねた。

「あなたには万引きの疑いが掛かっているわ」

「わたしは万引きなんかしていません。ビデオを調べてください」

「女子学生の一人があなたの鞄を店の隅に置いたことははっきり映っているようです」

「だったら……」

「その後、何回か鞄とカメラを遮《さえぎ》るように女子学生が立っています。その間に商品を入れたと考えられます」

「ああ。よかった」暁美は胸を撫で下ろした。

「その後、あなたは鞄を持って、店から逃げ出した」

「ちょっと待ってください。わたしを疑っているんですか？」

「疑う、疑わない以前の話よ。わたしは事実確認をしているの」

「わたしはあの子たちから逃げ出したんです」

「虐《いじ》めか何かに遭っていた？」

「……いいえ。違うと思います」

「じゃあ、なぜ逃げたの？」

「その……わたしがあの子たちにプレゼントしなかったから、怒っていたのです」

「無理やりプレゼントさせられていたの？　だとしたら、恐喝《きょうかつ》になるわ」

「……違います。わたしからプレゼントしていました」

警官は溜め息を吐いた。「じゃあ、恐喝ではないのね？」

「……はい」

「あの子たちの名前を教えてくれる？」

暁美は智香たちの名前を教えた。

「同じ学校ね」

「はい」

「遊び仲間？」

「そうです」

「グループでの万引きは初めて？　それとも、前にもやった？」

「万引きなんか一度もしていません。あの子たちについてはわかりませんが」

「友達は万引きしたかもしれないけど、自分だけは関係ないということね」

「そんな言い方したら、わたしが友達に罪を擦《なす》り付けているみたいじゃないですか」

「あなたを悪く言っているように聞こえるかもしれないけど、これは大事なことよ。自分に罪がないと自信があるなら、はっきりとそう言って」

「そう言えば信じてくれるんですか？」

「わたしたちはいろいろな証拠――あなたや店員の証言や店内の録画などを調べて、何が正しいのか判断するだけ。特定の人間の言葉を無暗《むやみ》に信じたりはしない」

「智香たちも調べるんですか？」

「もちろん、話を聞くことになるわ」

「あの子たち、きっと嘘を言います。信じないでください」

「わたしたちはあなたの証言もその子たちの証言も平等に扱わなければならないの」

「あの子たちがわたしの鞄に商品を入れたのははっきりしてるんでしょ？」

「ビデオの分析が必要だけど、おそらくあなたの言う通り他の子たちが入れているわね」

「だとしたら、わたしは無実だとはっきりしてるじゃないですか」

「あなたとあの子たちが共謀して万引きを行った可能性があるわ。店の品物を鞄に入れるのと、その鞄を持ち出すのを別々の人間が実行することで、犯行をわかりにくくしようとしたのかもしれない」

「店を出るときにわたしを指差して『あの子が万引きした』って言ったんです。わたしとあの子たちが共謀していたとしたら、おかしいと思いませんか？」

「特におかしいとは思わない。いろいろな可能性が考えられるから」

「わたしを嵌めるためです。それ以外にはあり得ません」

「途中までは計画通りに実行したけど、いざ実際に店を出る段になって、急に怖くなったのかもしれない」

「それって、どうしてもわたしを犯人にしたいってことですか？」

「そうではないわ。わたしたちは予断なしで捜査を進めたいだけなの」

廊下が騒がしくなった。

「今、お嬢さんにお話を聞いているところですから、もう少しお待ちください」

「あの子が万引きなんて何かの間違いです！」

「それを今調べているところですから」

「もし万引きをしたとしても、きっと友達に脅《おど》されてやったんです！」

「お母さん？」暁美は言った。

「あっ。お母さん、勝手に入らないでください」

ドアを開き、暁美の母親が入ってきた。

「どうして？」女性警官が言った。「あなた、お母さんを呼んだの？」

「いいえ」暁美は首を振った。

「わたしたちも連絡していないわ。警察の他の誰かに名前を言った？」

「いいえ」

「だったら、どうしてあなたがここにいるって、わかったのかしら？」

暁美は黙って首を振った。

「暁美について相談しに来たんです。そのとき、この子の後ろ姿が見えたもので」母が言った。

「暁美さんについてのご相談にみえられたということですか？」女性警官が訊いた。

「はい」

「ええと。……とりあえずそこに掛けていただけますか？」

警官は椅子を用意した。

「お嬢さんの万引きについては、以前から気が付かれていたのですか？」

「違います」暁美が言った。「万引きなんかしていません」

「今、わたしはあなたのお母さんに訊いているのよ」

「暁美は万引きなんかしていません。それどころか、友達に物品をせびられていたんです」

「えっ？」暁美は驚いた。母が知っているとは思っていなかったのだ。

「それは恐喝ということですか？」

「直接脅された訳ではありませんが、物を渡さないと友達づきあいして貰えないんです」

「お嬢さんもそうおっしゃってました。物品を渡さないという選択肢があったのなら、恐喝とは言えませんね」

「でも、うちの子は追い詰められていたんです」

「何か証拠はお持ちですか？」

「証拠というか、日記みたいなものです」

「日記ですか？」

「日記みたいなものです」

「暁美さんの日記ですね？」

「わたし、日記なんか付けていません」暁美は言った。

本当のことだ。

「お嬢さんは日記は付けてないとおっしゃってますが？」

「恥ずかしいんでしょ。年頃ですから」

「その日記は見せて貰うことはできますか？」

「日記というか、日記みたいなものですが」

「その日記みたいなものを見せていただけますか？」

「どうでしょう。ちょっと変わってるので……」

「無理にとは言いません」女性警官は言った。「暁美さんも見せたくないようですし」

「日記は付けてません」暁美は繰り返し言った。

しばし、沈黙が流れた。

「いいでしょう」女性警官は言った。「お母さんにも少しお話を聞かせていただいて今日のところは帰っていただいて結構です」

「娘の疑いは晴れたのでしょうか？」

「まだ、何とも言えません。ビデオの分析とお嬢さんのお友達への聞き取りが終わってませんので」

「そうですか……」母は肩を落とし、顔を伏せた。

「ただですね」女性警官は続けた。「仮に……仮にですよ。娘さんが万引きしていたとしても、店側は実質的に被害がないので、被害届を出さないつもりだそうですし、このまま処分なしの可能性が高いです」

「えっ？」母は顔を上げた。

「お咎《とが》めなしってことですよ。よかったですね」女性警官は微笑んだ。

「ちょっと待ってください。娘への疑いは晴れるんですか？　それとも、やったかもしれないけど、今回は見逃すってことですか」

「どっちにしてもお咎めなしなので、同じことですよ。後はご家庭内で話し合ってください」

「それって、娘を犯人扱いしたままってことですよね」

「そういうことではありません。被害届が出ないと警察は動けないということです」

「じゃあ、娘の無罪を証明できないんですか？」

「いや。無罪とかそれ以前の問題です。被害届がないと、犯罪を構成しない訳ですから」

「どうしたら、娘の無罪を証明できるんですか？」

「だから、証明の必要はないんですよ」

「納得できません。わたしが被害届を出したら、捜査をしていただけますか？」

「お母さんが被害届を出すのは、おかしいですよ。筋が通りません」

「だったら、名誉毀損《きそん》で訴えます！」

「誰を訴えるんですか？　店側には何の落ち度もありませんよ。わたしたち警察も単に職務を遂行しているだけです。可能性があるとしたら、お嬢さんのお友達ですが、仮に娘さんの話が全部本当だとしても、その子たちのしたことは、まあ単なる悪ふざけの範囲ですから。」

「娘を犯罪者扱いしたのに、単なる悪ふざけで済むんですか!?」母は女性警官に食ってかかろうとした。

「もういいよ、お母さん」暁美は母の腕を引っ張った。

「だって、この人、まるであんたを犯人みたいに言ったのよ！」

「わたしに隙《すき》があったから、こんな目にあったのよ」

「悪いのは隙に付け込むやつらで、隙がある方じゃないわ！」

「わたしは、お母さんにわかって貰えたらそれでいいの！」

母は動きを止めた。

「本当にそれでいいの？」

「いいわ。お巡りさんも言ってたけど、そもそも事件にならないんだったら、有罪も無罪もないもの」

「そんなことで納得できるの？」

「ことを荒らげればいいってものじゃないわ。騒ぎになったら、余計に変な噂になるかもしれないし」

「なるほど。あんた、冷静ね」

とりあえず、母が警官に話を聞かれた後、二人は家に帰った。

家にはすでに父が戻ってきていた。

「お母さんからの留守電を聞いて慌てて戻ってきたんだ。万引きの疑いは晴れたんだろうな」

「それが酷いの！」母は父に警察への不満をぶちまけた。

「でも、まあそれはどうしようもないな」話を聞いて父は言った。「犯人扱いされたのなら、裁判で無実を証明できるが、店が被害届を出さないんだったら、そもそも犯人扱いされてないんだから、無実を証明しようがない。というか、無実を証明する必要がない」

「あなた、娘が疑われたままで平気なの⁉」

「いや、警察はあくまで事務的に処理しているだけで、別に疑っている訳でもないだろう」父は心底ほっとしているようだった。

両親の対応は対照的だったが、どちらも暁美にとって意外だった。暁美が想像していたのは、もっとクールな対応だった。警察からの連絡で娘を引き取りに来て、そして、書類に署名捺印《なついん》して、そのまま何も言わずに帰宅して、何事もなかったかのように、また次の日は出勤する。そんな二人を想像していたのだが、母は取り乱して激昂《げっこう》し、父は娘が無事に帰ってきたことを子供のように喜んでいる。

そう。誤解していたのは両親ではなく、暁美の方だったのだ。両親は暁美に関心がなかったり、冷たかったりしたのではない。暁美を信頼していたのだ。

ただ、そうだとすると、納得できないことがある。

「お母さん、どうして警察にいたの？　まだわたしのこと、連絡が行ってなかったはずなのに」

「それはあんたの日記を読んだからよ」

「だから、わたし、日記なんか付けてないわ」

「何言ってるの？　机の上に置いてあったわよ」

机の上？　それって、まさか……

「杜子春……」

「そう。日記帳に『杜子春』って名前を付けて呼び掛けているの。可愛いわね」

「杜子春？」父が首を傾《かし》げた。「それって、『玄怪録《げんかいろく》』に入っている怪異小説なんじゃないか？」

「あれを読んだの!?」暁美はつい叫んでしまった。

あんなものを読まれたら、頭のおかしい子だと思われてしまう。なにしろ、古い本の消えかけた文章と掛け合い漫才のようなことをしているのだから。

「悪かったわ。でも、結果的にあんたが窮地に陥《おちい》っていることがわかってよかったわ。その子たちとの付き合いはもうやめなさい。もし揉《も》め事が起こったら、お母さんたちが学校に相談するから。もしその子たちの嫌がらせが続くようだったら、保健室登校しても、転校しても構わないから」

不思議なことに、母はそんなに奇妙なことだと思っていないようだった。

暁美は自分の部屋に飛んでいった。

本は机の上に開かれたまま置かれていた。

暁美は本を手に取った。

杜子春の物語は殆ど読み取れなかった。ただ、暁美の書き込んだ文字だけが残っている。母にはそれが架空の友達への相談のように読めたのだろう。

いや。実際、そうなのかもしれない。昨日は本当に自分が本の登場人物と会話をしたと思っていたが、よく考えてみるとそんなことがあるはずはない。自分は心の中の人物と会話をしていただけなのかもしれない。

お父さんは何かの本に載っていると言っていた。きっとこの本はお父さんが若いときにとったその本のコピーか何かなんだ。

もう杜子春との会話が本当かどうかなんてどうでもいい。問題は解決した。正確に言うと、まだ何も解決していないけど、問題があったことが両親に伝わったのだから、それだけで充分なんだ。わたしは一人じゃなかった。

暁美はノートに書き込んだ。

「杜子春、ありがとう。あなたがお母さんに伝えてくれたおかげで何もかもうまく行きそうだよ」

〈それはよかった。わたしも頑張ってみます〉

えっ？

「暁美、今日はみんなでどこかに食べに行く？」母の声がした。

「うん」暁美は居間に向かって声を掛けた。

振り返ると、本なんかなかった。

「なかなか強情なやつだ」閻魔大王が言った。

はっと気が付くと、杜子春は鬼の獄卒どもに引っ立てられ、閻魔大王の前に座らされているのだった。

はて、さっきまでのことはすべて幻だったのかしら。

杜子春はそう思ったが、もはやどこまでが夢でどこまでが現実なのか、考えても仕方がないように感じて、考えるのをやめた。そもそも鉄冠子に峨眉山に連れられてきて以降、何が現実なのか判然としない。いや、それどころか、鉄冠子に金塊《きんかい》を恵んで貰って、それで贅沢三昧《ざんまい》をしたことも本当なのかどうかわからない。さらに言うなら、鉄冠子に会う以前の自分の人生もどこまで本当のことやら。

杜子春は虚無主義的な気分に包まれた。

どうせ自分の人生など夢幻《ゆめまぼろし》のようなものだ。だとしたら、どんな苦しみがあろうともそれは幻に過ぎないのだ。だから、声さえ上げなければいいのだ。鉄冠子の言葉自体が幻なのかもしれないが、そのときはそのときだ。自分の間抜けさと鉄冠子を呪って死んでいけばいいだけの話だ。

「この者の両親は畜生道《ちくしょうどう》に落ちているはずだ。今すぐ行って引っ立ててこい！」閻魔大王が命令した。

閻魔大王は何と言った？　両親が畜生道に落ちているだと？　そんなはずはない。両親は聖人君子ではなかったが、畜生道に落ちるような悪人では決してない。

杜子春は閻魔大王の言葉を無視することにした。

ところが、まもなくして杜子春の前に二頭の馬が引き摺られてきた。恐ろしいことにその顔は杜子春の死んだ両親のものだった。

馬鹿な。そんなはずはない。二人が畜生道に落ちたなんて……。

「さあ、おまえは何のために峨眉山の上に座っていたのだ。白状せねば、この二頭を打ち据えようぞ！」

杜子春は固く目を瞑《つぶ》った。

考えては駄目だ。自分は何としてでも仙人になるのだ。これは全てまやかしだ。

「こいつは自分さえよければ両親などどうなってもいいと思っているようだ。とんだ親不孝者だ！」閻魔大王は天地が震えるほどの大音声で叫んだ。「そいつらを打て！　打って打って打ちまくれ！　肉も骨も引き裂いて打ち砕いてしまえ！」

鬼どもは鉄の鞭《むち》で目にも止まらぬ速さで二頭を打ち続けた。皮は一瞬で失くなり、やせ細った筋肉はぼろぼろと削られ、骨も叩き折られ、破片が飛び散った。

二頭はぐしゃぐしゃになった肉体を地面に横たえ、それでもびくびくとのたうち回った。

「どうだ、言う気になったか？」

杜子春に返答を聞くため、鬼どもは鞭を止めた。

杜子春は目を固く瞑り、拳《こぶし》を握りしめた。

仙人になるのだ。絶対に仙人になるのだ。

「心配しなくていいんだよ」微かな声が聞こえてきた。懐かしいあの声が。「おまえの幸せがわたしたちの幸せなのだから、大王が何をおっしゃっても、おまえに言いたくない理由があるのなら、何も言わなくていいんだよ」

杜子春は目を見開いた。

ついにこれまでになく固い決心をしたのだ。

蜘蛛《くも》の糸の崩壊

芥川龍之介作「蜘蛛の糸」とは?

(あらすじ)

ある日のこと。極楽の蓮池のふちを歩いていたお釈迦《しゃか》様は、蓮の葉の間から、ふと下の様子をご覧になります。極楽の蓮池の下は地獄の底、三途《さんず》の川や針の山の景色が手に取るように見えるのです。すると、多くの罪人たちとともに蠢《うごめ》き苦しむ、犍陀多《かんだた》の姿に目が留まりました。生前、殺人や強盗など悪事の限りを尽くした極悪人ですが、お釈迦様はこの犍陀多も、たった一つ善《よ》い事をしたと思い出します。ある時、小さな蜘蛛を殺さず助けたことがあったことを。それだけの善い事をした報いにこの男を地獄から救い出してやろうと考え、お釈迦様は極楽の蜘蛛の糸を取ると、地獄の底へと下ろされます。

地獄の血の池で溺れ苦しむ犍陀多は、遥か空の上から目の前に、銀色の細い蜘蛛の糸が垂れてきたのに気づきました。「これをのぼれば、地獄から抜け出せるに違いない」そう考え、両手でつかむとのぼりはじめます。遥か上までのぼった犍陀多が一息ついて下を見ると、数限りない罪人たちがあとをつけて、糸をのぼってきているではないですか——。

犍陀多は苛立《いらだ》っていた。

なぜ、俺はこんな理不尽な目に遭わなければならないんだ?

薄暗い世界だった。聞こえてくる音と言えば、水音と亡者《もうじゃ》たちの呻《うめ》き声だけだった。

ここは血の池地獄と呼ばれている場所だ。

「池」と呼ばれてはいるが、実際には池とは程遠い場所だった。「池」という言葉の印象は水溜まりよりは多少大きい程度の水域を思い浮かべるが、ここはとてつもなく広かった。もっとも、次々と送り込まれてくる罪人どもを収容するのだから、そこらにある池程度のものでは到底追い付かないのは明らかだった。

とにかく、血の池は広大だった。遥か彼方《かなた》に血の水平線が見えるのだ。人間界の海だと青い海と青い空の間のコントラストの差で水平線が際立つのだが、地獄界では赤黒い血の池と暗黒の空の間の僅かの色調差で水平線が何とか認識できる。ただし、水平線が見えたとしても、それで気が晴れるものでもない。只々陰鬱《ただただいんうつ》な情景が目に焼き付くだけだ。

それ以外の景色としては、水平線の向こうからそそり立つ針の山だけしかない。水平線の向こうにあるので、それが島なのか、それとも大陸のような陸地に存在する山なのかは判然としない。とにかく夥《おびただ》しい数の鋭い針が鈍く光っているのだ。水平線の向こうにある山なので、針一本一本見分けることなどできようはずがなかったが、不思議なことに、犍陀多の目には、細くて長い針の一本一本が見て取れた。そして、相当な割合で、針は罪人を貫いていた。

地獄では亡者たちには必要に応じて尋常ならざる視力が与えられているらしい。ふだん視野の中はぼんやりとしているが、見たくないものに限って、凄まじく鮮明に見えるのだ。針に刺し抜かれた罪人たちは血を吐きながら大暴れしていた。指先を針で突くだけでも相当痛い。それが腹や胸や顔を貫通しているのだから、それはそれは文字通りの地獄の苦しみだろう。中には針を摑《つか》んで自分の身体を持ち上げようとしている罪人もいた。針の先端まで上り切れば、身体から針を抜けるとの考えだろう。実際、時には自らを貫いている針を上り、ついに自らを針から解放するのに成功することもあった。

犍陀多は欠伸《あくび》をした。

無駄な努力だ。

もちろん、自分から針を抜いたからといって、その後何かいいことが起こる訳ではない。再び針が体に刺さらないように自ら自分の身体を持ち上げ続けていなくてはならない。それも先程まで自分を刺し貫いていた針を掴んでだ。針はそいつ自身の血で濡れているため、手はずるずると滑っていく。そいつは、大声で泣き叫び、許しを乞うが、結局は元のように串刺し状態になってしまう。

中には、刺し貫かれるぐらいならと、針から自分を遠ざけるように跳躍《ちょうやく》するものもいる。だが、そんなことをしたとしても、特段救われる訳ではない。地獄においても、重力は働いている。罪人はそのまま落下し、下で待ち受けている別の針に貫かれることになるのだ。

しかし、どんなに苦しくとも、このような動作を延々続けていれば、そのうち針の山の麓《ふもと》に辿り着くではないか。

多くの亡者たちはそういう考えに至った。針を抜くのも再び刺されるのも大変な苦痛だが、亡者たちは針の山から逃れるために、延々とこの作業を続けた。しかし、針の山から下りられた者は一人もいないのだ。ここ地獄では人間界の常識や法則は通用しない。有限の距離なら、有限の動作で逃れられるはずだというのは、単なる思い込みに過ぎない。地獄では有限の距離であっても、無限に苛《さいな》まれ続けるのだ。

なぜ犍陀多がそんなことを知っているのかというと、すでに経験済みだったからだ。血の池地獄に辿り着く前に様々な地獄の責め苦を受け続けてきたのだ。もうそれがどれだけの年月だったか、想像することすらできない。誰に聞いたんだったか、地獄での最短の刑期は一兆六千六百五十三億千二百五十万年だそうだ。自分が地獄にどれだけいたかは覚えていないが、この長さにはとても及ばない。せいぜい何百年かそこらだろう。いや、苦しい時間は長く感じるというから実際にはほんの数年かもしれない。それどころか数日なのかもしれない。

いやいや。時間のことを考えるのは、もうやめよう。わざわざ自分を苦しませる必要はない。

思い出した。俺にこんなくだらない知識を教えてくれたのは罪人の仲間だった。確か中国の生まれだ。あいつは決して声を出さないと決心して何度も地獄に落ちては、ついつい声を出してしまうのだと言っていた。つまらない男だ。ああはなりたくない。

犍陀多は血の中に沈んだ。鼻や口から生臭《なまぐさ》い血が流れ込み、胃や肺を満たす。血の中で溺れ続けるのは大変な苦しみだったが、今まで受けてきた地獄の刑罰に較べれば、さほどのこともない。血の池地獄は肉体的な苦痛よりもむしろ精神的な苦痛を与えるための存在なのかもしれない。肉体的な苦痛がいくらか和《やわ》らげば、自らを省《かえり》みる余裕が生まれる。それによって、これからの地獄の日々を思い、さらなる苦痛と後悔を味わうのだ。

馬鹿馬鹿しい。俺はそんなやわな心なんざ持ち合わせちゃあいない。

犍陀多は悔やみではなくむしろ強い憤《いきどお》りを覚えていた。

「おまえは様々な罪を犯し、生前何一つ償《つぐな》わなかった。だから、地獄での責め苦を受けなければならない」

確か閻魔大王はそう言った。もう随分昔のような気がするが、昼も夜も夏も冬もない地獄では、時の計りようもない。だが、犍陀多はその判決に全く納得がいかなかった。犍陀多はただ自分の心のままに行動しただけなのだ。自分がやりたいことをやっただけだ。心には一点の後悔もない。それなのに、どうして罰を受けねばならないのか。

あれはまだ十歳かそこらの頃だった。原因はよく覚えていないが、犍陀多は年端《としは》もいかない妹を酷く殴り付けていた。倒れそうな腐った材木で建てられた、古くて今にも倒れそうな、吐き気のするような臭いの家だった。

許して許してと懇願する妹を彼は足蹴《あしげ》にし、倒れたところで腹を踏み付けた。痩せこけてへこんだ腹だったことを鮮明に覚えている。たいしたものを食ってなかったからだろう。きっと、犍陀多の腹も似たようなものだったのだろう。それが彼を余計に苛立たせ、何度も腹を踏み付けた。

妹はげえげえと胃液を吐き散らした。

それがまた犍陀多の癇《かん》に障《さわ》った。彼はさらに強く何度も何度も腹を踏み続けた。やがて胃液の色が真っ赤に変わった。

「やめて、犍陀多！」屍《しかばね》のように痩せ細った女が犍陀多に縋《すが》り付いた。今思えば、あれが母親だったのだろう。

犍陀多はかっとして母親を殴り飛ばした。

妹はもう動かなかった。眼を見開いたまま、じっとしている。口からの血はもう止まっていた。

襤褸《ぼろ》の中に寝ていた痩せ細り、弱り切った男が起き上がった。

「何をするんだ、犍陀多？」男は力なく言った。「殴るなら、わしを殴れ。病気で家族を養えないのはわしの罪なのだから」

犍陀多は父親の言葉を尤《もつと》もだと思った。だから、彼は父親の顔のど真ん中を拳骨《げんこつ》で打ち据えた。

ぼこりという音がして、鼻は落ち窪《くぼ》んだ。

父親はもう何も言わなかった。そのままひっくり返ると、なんとか鼻を戻そうとしたのか、両手で顔を弄《いじ》っていたが、その動きはすぐにぴくぴくとした細かなものに変わり、動かなくなった。沈んだ鼻から血が溢れ出し、そして鼻と口を覆った。

「ひっ！　あんた、あんた!!」母親は転げるように父親に近付き、その身体を揺すったが、もちろん何の返事もない。

「あんた、何てことをするんだい!!」母親は犍陀多を睨《にら》み付けた。

犍陀多は母親の理不尽な非難にはらわたが煮えくり返った。

こいつは自分を殴れって言ったんだ。確かに言った。俺は言われた通りにしただけだ。それなのに、この女はまるで俺が悪いことをしたかのように罵《ののし》った。この女は罪を償うべきだ。

犍陀多は母親の髪を掴んだ。

母親はひいひいと悲鳴を上げて逃げようとした。

自分の非を認めず、さらに逃れようとするあさましい姿を見て、犍陀多の怒りは頂点に達した。彼は母親の首を全力で捻《ひね》った。

ぼきりという鈍い音がした。

母親は突然力がなくなり、手足がだらりと垂れた。

立っているのは犍陀多だけだった。

家族はみんな臭い糞尿《ふんにょう》を垂れ流していた。

犍陀多はしばらく死んだ家族たちと共に暮らしていた。今まで母親に頼り切っていたので、どうやって自活すればいいのかわからなかったのだ。しかし、三日も経つとさすがに腹が減ってどうにもならなかったので、目の前にあるものを食べることにした。それは凄まじい臭気だったが、適度に腐敗していたので、容易に食い千切《ちぎ》ることができた。特に体調が悪くなったりしなかったのは、運がよかったのか、犍陀多の胃腸が飛び抜けて強靭《きょうじん》だったのか、あるいは乾季であったため、適度なところで腐敗が停止したためなのか、よくわからなかった。

とにかく犍陀多はひと月余りを生き延びることができた。そして、それなりの自信を持った。

犍陀多は家から出ると、自分と同じような子供を探して仲間にしていった。もちろん従わない者もいたが、そういう者は殺して腹に収めることにした。その様子を見ていた者たちはすぐに仲間になるか、遠くに逃げていくのだった。

そうこうするうちに犍陀多は大人になっていった。彼の仲間はだいたい十人かそこらで、それ以上増えることはあまりなかった。人数が増えるにつれ諍《いさか》いも増えるので、殺されたり、逃げ出したりしてだいたい一定の人数に収まるのだ。

彼らは集団で移動し、村を見付けると、略奪した。そして、男たちと年寄りと子供は即座に殺し、若い女は犯してからやはり殺した。その後は、仲間たちで食い散らかし、村の建物は焼き払った。

犍陀多一家は羅刹《らせつ》だの夜叉《やしゃ》だのと恐れられたが、彼らはいっこうに気にしなかった。仲間の中には女もいて、何人かは子供を産んだ。犍陀多の子供なのか、他の男の子供なのかは定かではなかったが、犍陀多はその子供たちも子分にした。そして、はむかってきた場合は殺して食料にした。

ある夜、寝ている犍陀多の首を切ろうとした者がいた。犍陀多の地位を狙っている子分だった。それは犍陀多の息子だったかもしれないが、彼は何の躊躇《ちゅうちょ》もなく殺害した。その争いが原因となって、一家は二つに分裂した。

激しい戦いの中、犍陀多は昂揚《こうよう》して、敵味方の区別なく、全員を殺害してしまった。

一人になった犍陀多は単独で近くの村を襲うようになった。彼の姿は半ば野獣のそれとなっており、見ただけで、人々は恐れ慄《おのの》き戦意を失ったため、仕事はいつも比較的楽に済んだ。

悪の限りを尽くす犍陀多は息をするように殺生を行っていた。

あるとき、森の中で一匹の蜘蛛を見付けた。

犍陀多は腹を空かしていたので、早く村を襲いたかった。だから、蜘蛛を気に留めず、そのまま通り過ぎた。そして、数歩進んだときにふと思い直し、回れ右をして、蜘蛛の元に戻った。

犍陀多は蜘蛛を踏み潰し、ぐりぐりと地面に押し付けて擂《す》り潰した。

ほんの小さな生き物であっても、意味もなく見逃すのは、自分を否定するような気がしたのだ。

俺は犍陀多。どんな小さな命でも見逃すことはない。俺は完全無欠なのだ。

俺はありとあらゆる悪を行ってきた。だが、唯一あのときだけは悪をなさないでいる機会があった。もし、あのとき、俺があの蜘蛛を殺さなかったら、今の地獄の責め苦は少しは軽いものになっていたのだろうか？

このとき、犍陀多には極微《ごく》かに悔悛《かいしゅん》の情が生まれたのだった。それはあまりにも微かなものではあったが、生まれて初めの感情に犍陀多は戸惑った。頭の中が混乱し、ぐるぐると回った。

そして、犍陀多は前後不覚に陥《おちい》り、血の池の奥深くに沈んでいくのだった。

「おい、乙骨《おっこつ》、ちょっとこっちに来い！」課長が怒鳴り付けてきた。

乙骨寛太《かんた》は逃げ出したくなる気持ちを抑えて椅子から立ち上がり、課長席に向かった。

「この計算は何だ？」課長は紙の束を机の上に叩き付けた。

「今度の監査で税理士さんに見せる資料です」

「そんなことを訊いてるんじゃない！」

そんなことを訊かれているのではないことは乙骨もわかっていた。だが、どう答えていいかわからなかったのだ。資料はこれで間違いないはずだった。

「おまえ、この会社に入って何年だ？」

「はあ……たぶん一年ぐらいにはなるかと」

「前の会社には何年いたんだ？」

「二十年……ぐらいですかね」

「ベテランと呼ばれてもいいぐらいの年季じゃないか!! 全く、使えねえおっさんだな！」

「はあ」乙骨は黙って頭を下げるしかなかった。

「まあ、前の会社でリストラされた理由もわかるよ」課長は鼻で笑った。

「はあ」乙骨は笑った。そして、拳を握りしめた。

リストラされた訳ではない。乙骨は自ら退職したのだ。

当時、乙骨は人事課にいた。そして命じられたのがまさにリストラ担当だったのだ。今の世の中、昔のように簡単に指名解雇《しめいかいこ》する訳にはいかない。だから、辞めて欲しい社員がいた場合、いろいろな手を使うことになる。まずは面談をして、単純に会社を辞めるメリットについて説明する。それで反応がなかった場合はこの会社にいても何もいいことがないと言う。それでも辞めない場合は、降格や、遠方への人事異動などを仄《ほの》めかす。それでも駄目な場合は、実際に降格させたり、遠方に異動させたりする。ここまで来ると、法律すれすれだが、それでも、辞めない場合は多々ある。

「あいつに嫌がらせしろ」当時の上司は明言した。「虐《いじ》めて辞めさせるんだよ」

「それは違法行為じゃないんですか？」乙骨は言った。

「何だ？　おまえ会社を告発するつもりか？」

「そうじゃありません。会社ぐるみで虐めはまずいんじゃないかということです」

「会社ぐるみじゃないからだいじょうぶだろ」上司は真顔で言った。

「どういう意味ですか？　さっきのは業務命令じゃないんですか？」

「違うよ。おまえが勝手にやるんだ？」

「えっ？」

「これからあいつをおまえの部下にする。おまえは個人的にあいつを虐めて辞めさせるんだ」

「わたしはそんなことはしませんよ」

「いや。するんだよ」上司は凄んだ。

「そんなことをして訴えられたらどうするんですか？」

「おまえが責任をとれは済む話だ」

「会社のために泥を被《かぶ》れということですか？」

「それが会社員の役目だ。当たり前のことだ。わかるよな？」

「……」乙骨はどう答えていいかわからなかった。明確に法律的にも倫理的にも間違ったことを言っている人間にどう対応していいかわからなかったのだ。

「どうした？　なんで黙ってる？」上司は痺《しび》れを切らしたようだった。

「わたしには荷が重い……と思います」

上司は乙骨に顔を近付け、呟《つぶや》いた。「断るというのか？」

「断るとか、断らないとかじゃなくてですね」

「もし断るって言うのなら、虐められるのはおまえになるぞ」

乙骨はぞくりとした。上司の表情から本気だということがわかったからだ。

彼はそのまま何も言わず、その場を離れた。

そして、その日はずっと机の前で考え込み、家に帰ると、妻に相談し、次の日には総務で退職届を貰い、署名捺印して、上司に提出した。

上司は乙骨をぎろりと睨むと、無言で印鑑を取り出し、署名捺印し、乙骨に付き出した。乙骨が震える手で用紙を受け取ると同時に、上司は吐き捨てるように、だがはっきりと言った。「糞《くそ》が」

あのときは他人を虐めることなんてとても自分にはできないと思ったのだ。そして、虐められることにも耐えられない。だから、後先《あとさき》考えずに、会社を辞めてしまった。幸い、妻の仕事は順調だったので、すぐに困窮《こんきゅう》することはなかったが、二人分の収入を見込んで買ったマンションのローンは家計に重く伸《の》し掛かっていた。

あちこち手を尽くしたが、四十をいくつも過ぎていると、なかなか再就職先は見付からなかった。

年末に行われた同窓会で恥を忍んで、何人かの友人に就職の斡旋《あっせん》を頼んでみた。快い返事は誰からも貰えなかったが、一人だけ曖昧《あいまい》な返事をした友人がいた。

ひょっとして、どこか心当たりがあるのかと尋ねたら、あるにはあるんだが、とまた曖昧な答えが返ってきた。

その友人が勤めている会社は下請け会社にときどき定年退職した社員や余剰な社員を押し込んでいる。それは正規のルールに基づいたものではないので、一人ぐらいならどさくさに紛れて追加で押し込めないこともない。

そういう話だった。

気持ちのいい話ではなかった。だが、背に腹は代えられない。乙骨は友人に土下座して、なんとかその会社に入れてくれるよう頼んだ。

下請け会社にはすんなり入れた。

当初、会社の人間は乙骨に親切に対応してくれた。だが、乙骨が元請けの人間ではないと知られると、態度は一変した。

なぜ、関係ないやつが紛れ込んでいるんだと、あからさまに口汚く罵られることもあった。

ああ。ここに長くいるのも難しそうだな、と思った頃、社長に呼び出された。どうやら、君はこの会社に向いていないようだから、転職を考えたらどうか、もし、転職する気があるのなら、転職先を紹介しよう、ということだった。

いきなり馘《くび》を言い渡されると思っていたので、転職先を紹介してくれるというのは、むしろ嬉しい誤算だった。

乙骨は二つ返事で転職を受け入れた。

転職先は下請け企業のさらに下請け——つまり、孫請け企業だった。職場は町工場に付属する小さな事務室だった。乙骨は主に経理に関する仕事を与えられた、そこでは、もはや最初から暖かい対応はまるでなかった。

乙骨は経理畑の仕事の経験は全くなかったので、何度も課長に仕事内容を確認したが、その度に舌打ちされるので、自分でこつこつと経理の勉強をしなくてはならなかった。

ようやく仕事に慣れてきた頃、たびたび経理の数字に大きな誤差が入っていることに気付くようになった。乙骨は単純なミスだろうと思って、修正しておいた。すると、課長は怒り心頭《しんとう》の様子で乙骨を呼び付けたのだ。

「あのなあ、世の中にはあうんの呼吸ってものがあるんだよ！」課長はばんばんと机を叩いた。

「すみません。何の話かよくわからないのですが」乙骨は正直に尋ねた。

「おまえ、ここの数字勝手に改竄《かいざん》しただろう」

「えっ？」乙骨は課長が指差す先の数字を確認した。

それは元請け会社との取引を示す数字だった。この会社が元請け会社から数億円もの部品を買いとったことになっている。

「ああ。それですか。わたしが直しておきました。そんな取り引きはありませんから」乙骨は単純なミスだと思って笑って答えた。

「おまえ、マジで言ってるのか!?　勝手に修正なんかされたら、この数字だけ目立っちまうじゃないか。もう一度全部最初からやり直しだ！」

「いや。この数字は……」乙骨はもう一度説明しようとした。

課長は乙骨の胸倉《むなぐら》を掴んだ。「おい！　本当に本気なのか!?」

「すみません。本当にどういうことなのかちんぷんかんぷんなんです」

「もうすぐ元請けの決算なんだよ」

「はい」

「だけど、今年度は大赤字なんだと」

「はあ」まだ話がよくわからない。

「だから、うちが元請けからこの部品を買いとった。これで元請けは晴れて黒字だ」

乙骨は首を捻った。「だけど、こんな部品届いてないですよ。それに、そもそもうちにはこれだけの部品を買う理由も資金もないでしょう」

「向こうの決算が終われば、すぐに返品する予定だから、最初からエア納品で済ましてるんだよ。だから、資金の流れも名目上のことだ」

まだよくわからない。

元請けは利益を出していない。だけど、部品をうちに売れば黒字になる。これは理解できる。しかし、うちには資金もないし、この部品を買う理由もない。これだけの金額を支払ったら、うちは即倒産するレベルだ。

だから、元請けに買い戻して貰うのだという。それなら、問題はないように思う。だけど、最初から返品する前提で商品を買うっていったいどういう意味があるんだろう？

うちにはたいしてメリットはないように思う。しかし、それは元請けだってそうだ。部品を売ったとしても返品になったら、結局は売り上げにも利益にもならない。なったとしても決算時だけの一瞬だ。

……。

ちょっと待て。決算時だけ黒字にするってことは……。

「それって、粉飾《ふんしょく》……」乙骨は驚いてつい口走ってしまった。

課長は拳《こぶし》で乙骨の鳩尾《みぞおち》を殴った。

「うっ」乙骨は俯《うつむ》いた。ぼたぼたと唾が零《こぼ》れる。

「滅多《めった》なことを言うな。この糞が！」課長が乙骨の髪の毛を掴んだ。

「元請けは上場《じょうじょう》会社なんだよ。知ってるよな？」

「は、はい」乙骨は痛みと吐き気に耐えてなんとか答えた。

「赤字になんかなったら株が大暴落するんだよ。そして、一年以上赤字が続いたら上場廃止だ。わかるか上場廃止？」

「わ、わかります」

「どれだけの損害が出ると思ってるんだ？　おまえ、責任とれんのか？」

「でも……」

「何だ？」

「なぜ元請けの赤字の責任を自分がとらなければならないんですか？」

「馬鹿か、おまえは？　それが世の中のルールなんだよ。おまえ、いったいいくつなんだ？」

「ルールによれば粉飾は……」

課長はまた鳩尾を殴った。「だから、その言葉は使うなよ！」

「……うちも巻き込まれますよ」乙骨は身体を折り曲げながら、何とかそれだけ言えた。

「もうとっくに巻き込まれてんだよ。元請けからの仕事がなくなってみろ。うちは即倒産だ。もう即日だ。そんなことになってみろ。この会社の社員全員が路頭に迷うことになる。おまえ、責任とれるのか？」

「それは、わたしの責任では……」

「もうこれはおまえの責任になってんだよ。おまえが正義面《づら》して、正直に申告したら、その日にこの会社は終わる」

「でも、ふ……」

　課長は拳を構えた。

「……その、特殊な申告を行ったことがばれても、うちは倒産してしまうのでは？」

「そうだよ。だけど、元請けの言うことを聞かなかったら、どうせ倒産するんだ。どっちを選ぶかだよ。うちとしては一か八《ばち》か賭けてみるしかないだろ」

　正論ぶってはいるが、全く間違っている。自分たちが生き延びるために不正を働くことが正義であるはずはない。

「そこまでして生き延びても……」

「何綺麗事《きれいごと》言ってんだよ！」

「綺麗事？」

「正しいことをするって、おまえの自己満足じゃないか。おまえの自己満足のために会社が倒産して、全員が失業しても良心が痛まないのか？」

「でも、それはわたしの責任では……」

「おまえ、何他人事《ひとごと》みたいに言ってんだよ！　正義って何だよ!?　会社を存続させること、会社を発展させることがサラリーマンの正義なんじゃないのか？」

　乙骨は混乱した。確かに乙骨が正直に申告したら、元請けからの仕事が引き上げられてこの会社は倒産することになるのかもしれない。だからと言って、法令に違反して、会社と従業員を守ることが果たして正義だと言えるだろうか？

「そもそもだ」課長は話し続けていた。「役にも立たないおまえをこの会社に入れてやった理由がわかるか？」

「それはわたしの友人の紹介で前の会社に入って、今度はそこから……」

「おまえの友達なんかどうでもいいんだよ。正直言って、名前も覚えていない。大事なのは、そいつが元請けの社員だったってことだ。そいつの機嫌をそこねたら、何があるかわかったもんじゃない。だけどな。こんな小さな会社だと一人分の人件費も馬鹿にならないんだ。おまえ一人を雇うだけで、経営危機なんだよ」

「そうだったのですか。申し訳ないです」

「考えてみれば、元請けに強要されたんだから、おまえを雇ってやったこと自体が不正行為な訳だ」

「そんな……」

「不正に助けられたやつが不正に躊躇《ちゅうちょ》するなんて、理屈に合わないだろ？　むしろ不正に恩返ししてもいいぐらいだ」

「不正に恩返しって……意味がわかりません」

「じゃあ、この会社に恩返しだ。それとも俺に恩返しってことでも構わないんだぜ」

「社長はこの件のことをご存知なんですか？」

乙骨は社長と殆《ほとん》ど話をしたことがない。入社したときに挨拶した程度だ。それもおざなりなもので、社長はずっとスマホを弄っていて顔も上げなかった。印象としては、切れ者という感じではなかった。かと言って、下町工場の叩き上げという感じでもない。何と言うか、小金持ちの家の三代目ぼんぼんというのがぴったりの印象だった。おそらく経営の主体は彼ではない。

「もちろん、知っているさ。……だけど」課長は突然思い付いたように言った。「絶対に直接、社長にこの話をしては駄目だぞ。社長は知らないことにしておかないと万が一のとき、本当に大変なことになるから」

社長がこの案件を知っているというのは怪しいものだと思った。ひょっとすると、課長の独断なのかもしれない。だが、そんなことはどちらでもいいことなのだ。

もし、自分が悪事に手を染めなかったら、この会社は倒産する。それはおそらく本当のことなのだろう。自分が悪人になりたくないという理由で、会社を倒産させ、社員を路頭に迷わせるのは自分勝手な行動なのだろうか？

正義や悪というものは視点によって、簡単に入れ替わってしまう。わかりやすい例が戦争だ。ある国にとっての正義が別の国にとっては悪となる。国内であっても、法律が変わることで容易に善悪は入れ替わる。そして、法律に反している行いであっても、ある集団の人々を幸せにすることができる。

「いいか？　人のものを盗めとか、人殺しをしろ、と言っている訳じゃないんだ。ちょっとした帳簿の操作をするだけだ。それも、返品のこともちゃんと書く訳だから、嘘を吐くとしても一時的なものだ。それで誰も損をしないんだ。元請けは赤字にならなくて済む。うちは商売を続けられる」

「でも、銀行や株主は」

「そりゃ、粉飾がばれたら銀行も株主も怒るだろうさ。だけど、本音のところ、あいつらだって、『粉飾をしているのなら、うまくやれ』って思ってるのさ。粉飾がばれて会社が業績不振になったり倒産したりしたら、銀行は貸し付けた資金を回収できなくなるし、株主は株が暴落したり、紙屑《かみくず》以下になったりして、何もいいことがないんだ。うまく粉飾ができれば、元請けもうちも、それぞれの社員も、銀行も株主も全員がハッピーになれるんだ。どこかの官僚が考え出した法律に従わなければ、これだけの人間を幸せにできるんだ。やらない手があると思うのか？」

なんだか課長の言うことが正論のような気分になってきた。一方で、騙されては駄目だ、何も問題がないのなら、禁止する法律ができる訳がない、という自分の心の声も聞こえてくる。

「どこでもやっていることだ。これぐらいのことができないと言うのなら、もうおまえは一生どこでも働くことなんかできないぞ。社会人には臨機応変さと言うものが必要なんだよ」

どこでもやっているというのは、本当のことなんだろうか？　昔、バブルの頃、建蔽率《けんぺいりつ》をごまかした違法建築が横行したという。そうしないと家なんか建てられないと思われていた。道路では多くの車が制限速度を少しだけオーバーしている。そうしないとスムーズな運行ができないという人もいる。酒は法律上、二十歳からしか飲めないが、乙骨が若い頃はみんな高校を卒業すると平気で酒を飲んでいた。そういうことなのだろうか？　法律では一応、粉飾は駄目だと決められてはいるが、実際には横行しているのだろうか？　だとしたら、正直な決算を出す方が馬鹿を見ることになる。でも、どうやって確かめればいいんだ？　証券取引所や地検に問い合わせても、「粉飾は違法だ」という建て前しか言わないだろう。そもそも、そんなことをすれば藪蛇《やぶへび》だ。元請けやこの会社に捜査が入るかもしれない。そう言えば、コミケに出品される作品の多くは無断二次創作だが、作者や出版社に問い合わせさえしなければ、黙認されるという噂を聞いたこともある。これもそういうものなのかもしれない。

そもそもばれたとしても、社長か課長の命令でやっているのだから、自分が罪に問われることはないのではないだろうか。だとしたら、そんなに真剣に考えることではないのかもしれない。自分は会社の歯車なのだから命令にしたがっていればいいだけなんじゃないだろうか。

いろいろ考えているうちに、眩暈《めまい》がしてきた。こういう決断をするのは苦手なタイプだ。

「わかりました」乙骨は蚊の鳴く様な声で言った。

「じゃあ、やるんだな」課長は脅すように言った。

「それは少し待ってください」

「待てだと⁉ 何、言ってるんだ⁉ 監査は来週だぞ！」

「明日……まで待ってください。明日には提出しますから」乙骨はとりあえず時間稼ぎをすることにしたのだ。

再修正は数時間あればできる。明日の午前中ぐらいまでゆっくり考えよう。それで、やるべきだという結論に至ったら実行すればいいし、そうでないという結論に至ったら、そのときは……そのときは課長に謝ろう。自分にはできないと言えば、罵倒《ばとう》はされるだろうが、まさか馘にはしないだろう。……たぶん。

「何、勿体《もったい》ぶってるんだ？……まあいいだろう。絶対に明日中に直しとけよな」

乙骨は早目に退社して、家に戻った。

妻はまだ戻ってきていなかった。

まあ、いいさ。どうせこんなことは彼女に相談できない。

しかし、妻以外に相談できる相手がいるかというと、心当たりは全くなかった。

とにかく考えを纏《まと》めようと、乙骨は書斎に入った。

書斎と言っても乙骨がそう呼んでいるだけで、実際には物入れにするはずだった場所だった。広さは三畳ほどしかない。だが、乙骨が結婚前から持ってきた趣味の荷物を入れる部屋がなかったため、ベランダに物置を置き、その代わり物入れを乙骨専用にしたのだ。

自分の趣味のコレクションを見るために日に何度も物入れに入り浸るようになり、そのうちそこを書斎と呼び始め、小さな机と椅子を運び込んだ。

当初、妻は冗談だと思って笑っていたが、どうやら本気らしいと気付いてからは、特に触れなくなっていった。夫の精神の安定のためには、こういう場所が必要だと思ったのかもしれない。

趣味と言っても統一性のない脈絡《みゃくらく》のないものだった。とにかく珍しいと思ったものや興味を持ったものを次々と溜めこんでいくのだ。

何十年も前の子供向きの妖怪辞典。使い道のよくわからない台所用品。価値はわからないが、高そうな油絵。漢詩のようだが、何が書いてあるかよくわからない掛け軸。昔のアナログテレビのブラウン管付きのラジカセなど、今となっては使いようのないものまであった。

ひょっとすると、鑑定すれば高い値段が付くのではないかというものもあったが、乙骨はそれらのものを鑑定に出すようなことはなかった。高い値段が付けばいいが、もし価値がないことがわかったら、自分が相当落胆することが予測できていたからだ。価値がないとわかるぐらいなら、知らない方がましだ。

他人から見るとがらくただらけの雑然とした場所だが、乙骨は妙にこの場所が落ち着くように感じていた。

まずは落ち着いて、それからじっくり考えよう。

乙骨は足で床の上のものを押し広げて、座る場所を作り、胡坐《あぐら》を掻いた。膝先《ひざさき》に当たるものがあった。手に取ってみると、数センチ程の小さなプラスティック製の四角い箱にダイヤルが付いているものだった。

はて。これは何だろう？

乙骨はしばし考え込んだ。

見覚えがあるようなないような……。

よく見ると、側面に小さな穴が開いている何かのジャックのようだ。試しに、同じく床の上に転がっていたイヤホンを挿《さ》してみると、ぴったりだった。

だとすると、これは何か音を聞くためのものらしい。だが、スイッチ類は見当たらなかった。あるのはダイヤルと飛び出た二本のリード線だけだ。録音スイッチがないということは録音装置ではないらしい。補聴器のようなものかとも考えたが、それにしてもオンオフのスイッチは必要なはずだ。

分解できないかとネジを探したが、そんなものもない。ただ、上下を分かつ隙間のようなものがあった。試しに両手で上部と下部を摑んで引っ張ってみると、簡単にはずれた。中に入っていたのはコイルと小さな部品数個とそれらを繫ぐリード線だけだった。ダイヤルはコイルに繫がっていた。考えられる限り、最も単純な電子機器だった。これが売り物だとしたら、殆ど詐欺的《さぎてき》と言ってもいい。

乙骨はしばらくその小型装置の中身を見ているうちにぴんと閃《ひらめ》いた。記憶の海の底から突然浮かび上がってきたのだ。

これはゲルマニウムラジオだ。

ゲルマニウムラジオというのは、よく子供の工作などの題材にされる古典的かつ基本的なラジオだ。アナログ変調のラジオ電波を直接イヤホンで聞こえる電気信号に変換するシステムだ。直感的には不思議なことだが、ラジオ電波の出力をそのまま利用するため、電源を必要としないという特徴がある。もちろん、遠くのラジオ局や出力の弱いラジオ局では無理だ。すぐ近くで強い電波を出しているラジオ局の電波しか拾うことはできない。

こんなものいつ買ったかな？

乙骨は首を捻った。こんなものを最近買った記憶はなかった。買ったとすれば、子供の頃に小遣いを貯めて買ったか、親にねだって買って貰ったものだろう。

乙骨はゲルマニウムラジオを眺めているうちに、まだ聞こえるのだろうかと疑問に思った。

相当古いものだが、構造があまりに単純なので、もはや壊れる要素がないともいえる。

乙骨は部屋の中を探して、アンテナになりそうな数メートルのリード線を見付けた。部屋の窓を開けて、身を乗り出して、自宅のベランダに引っ掛けてみた。さらに反対側に生《は》えている木の枝にも手を伸ばして引っ掛ける。電力が不要な分、結構長めのアンテナが必要になるのだ。アンテナの角度も需要なファクターだがこの近くのラジオ電波の送信局の位置を知らないので、とりあえずこれで試してみることにした。

即席のアンテナの端をゲルマニウムラジオのアンテナ端子《たんし》に取り付ける。

どきどきしながら、イヤホンを耳に入れる。

何か聞こえているような気もするが、自分の体内の音を聞いているだけのような気もする。ダイヤルを回して選局してみたが、やはりよくわからない。

故障しているのか、それとも電波が弱いのか。

乙骨は別のリード線を見付け出すと、今度はコンセントのアース端子に取り付け、もう一方の端をラジオのアース端子に繋いだ。アースを繋ぐことにより、電流量が増えて聞こえるようになることもあるのだ。

改めて、イヤホンを耳に入れる。やはり何も聞こえない。ダイヤルを大雑把《おおざっぱ》に回す。

ざっという小さな音が聞こえた。

ダイヤルを逆に回してみると、またざっという小さな音が聞こえた。

何度も回してみると、ダイヤルが同じ目盛になったときに聞こえることがわかった。どうやらただのノイズではなく、どこかのラジオ局の電波を拾っているらしい。

乙骨は慎重にダイヤルを回し、電波をキャッチしようとした。

ざっ。ざっ。ざっ。ざっ。ざっ。ざっ。ざっ。ざっ。ざっ。

なかなか微妙でうまくいかないが、なんとか常に音が聞こえる状態に持ってくることができた。

ざざざざざざざざざざざざざざざざざざざざざざざざざざざざ。

音楽にも人の声にも聞こえない。

ひょっとすると、ラジオ電波ではなく、近くにある何かの機械が発生するノイズなのかもしれない。

乙骨はダイヤルを回して別の電波を拾おうかと思った。

その時……。

〈誰かいるのか？〉

ノイズが一瞬言葉のように聞こえた。

明確に聞き取れた訳ではない。ノイズがたまたま人の声のように聞こえただけの可能性が高い。だが、ダイヤルを回してしまったら、二度と拾えないかもしれない。

乙骨は目を瞑り、全神経を耳に集中した。

〈そこにいるなら返事をしてくれ？〉

あまりに音が小さ過ぎて、どうもはっきりしない。人の声のようでもあるし、空耳《そらみみ》のようでもある。

空耳じゃないとしたら何だろう？

乙骨は首を捻った。

アマチュア無線の電波を拾っているのかもしれない。だけど、アマチュア無線とラジオの電波の周波数は全然違うはずだ。ゲルマニウムラジオで受信できるとは思えない。だとしたら、ラジオドラマか？　新聞のラジオ欄で確認してみようか。

〈おまえは誰なんだ？〉

「おまえこそ誰だよ」乙骨は無意識のうちに呟いた。

〈やっぱり誰かいるんだな。おまえも亡者なのか？〉

乙骨はぞっとした。

まるでラジオドラマの声優が彼の呟きに答えたような絶妙なタイミングと内容だった。もちろん、そんなはずはない。ゲルマニウムラジオには送信機能など備わっていない。いや、原理的には大声で話せば、音声が電気信号になり、それが電波信号になることもあるのだろうが、あまりに出力が小さ過ぎて、受信できるはずがない。

「全くびっくりさせてくれるよ」

〈それはこっちも同じだよ〉

乙骨はあまりのことに声が出せないどころか身動きすらとれなかった。そして、自分が息をしてないことに気付いて、強制的に深呼吸を繰り返した。

何なんだ、これは？　誰かの悪戯《いたずら》か？　だとしたら、随分手の込んだ悪戯だ。俺の行動を観察し、それに対応した言葉を特定の周波にして返す。技術的には可能だ。だけど、それは俺がたまたまこのラジオを聞く気になることを予測していたという前提でしか成立しない話だ。どこかの誰かは、俺がこのラジオを聞こうとするいつになるかわからないチャンスを延々待ち続けたとでも言うのだろうか？　まさか。そんなことはあり得ない。

「おまえは何者だ？　俺を騙そうとしているのか？」乙骨は周囲を見回しながら呼び掛けた。

〈俺は犍陀多だ。おまえを騙す気はない。そもそも、おまえが何者か知らない。おまえは何者なんだ？　そろそろ教えてくれてもいいだろう〉

「俺は乙骨寛太だ。それで、いったい何が目的でこんな悪戯をしているんだ？」

〈悪戯？　どうも話が通じないな〉

「電波で俺に話し掛けているだろ？」

〈電波？〉

「電波を知らないっていうのか？　いくらなんでも惚《とぼ》け過ぎだ」

〈そんなことを言われても意味がわからない。そもそもおまえはどこにいるんだ？〉

「俺はここだ。自分の家の自分の部屋だ」

〈自分の？……ということはおまえ、人間界にいるのか？〉

人間界？　何を言ってるんだ？　自分が人間ではないとでもいいたいのか？

「もちろんだ。おまえは人間界にいないのか？」

〈ああ。そうだ。俺は地獄の亡者だ〉イヤホンから消え入りそうな声が聞こえた。

乙骨は何とも言えない不気味な感覚を受けた。背筋が凍りそうな寒さなのに、全身から汗が噴き出してきた。

騙されるな。こんなのは悪戯に決まっている。

乙骨は強く自分に言い聞かせた。だが、今、自分の聞いた声が地獄の底からのものであるという確信は自分の意思ではどうしても消し去ることができなかった。

「俺は……俺はおまえなんか知らない」

〈俺だってそうだ〉

「だったら、どうして俺のところに化けて出るんだ？」

〈化けて出るつもりなんかなかった。そもそも俺は化けて出てるのか？〉

「よくわからない。化けているとしても声だけだ」

〈そうなのか、今俺は声だけ人間界に戻っている訳か〉

「なぜ、そんなことが起きるんだ？　俺とおまえは縁もゆかりもないのに」

〈俺だって仕組みはよくわからない。地獄の刑罰の一つなのかもな〉

「縁もゆかりもない人間のところに化けて出させるのが？」

〈それとも、仏の導きなのかもな〉

「仏？」

〈知らないのか？　釈迦如来《しゃかにょらい》だ〉

「それは知っている。つまり、そこは仏教系の地獄なのか？」

〈何を言ってるのかわからない。地獄は地獄だ〉

「宗教ごとに地獄のイメージは様々なんだ。キリスト教では最後の審判の後に神を信じない者たちが落とされる場所で、神道の黄泉《よみ》の国は地下にある死者の国だけど、必ずしも刑罰の場所ではなく……」

〈現実に地獄にいる俺にとって、そんなことはどうでもいい知識だ〉犍陀多は乙骨の言葉を遮った。〈仏が導いたとしたら、おまえは何か俺のためにできることがあるはずだ。さっさとやってくれ〉

「そんなことを言われても何もわからない。全く寝耳に水だ。もっとも、おまえの言うことを信じている訳じゃないけどな」

〈別に信じて貰わなくても構わないが、俺が助かるためには協力して貰わなければならないのかもしれない。どうすれば信じてくれる？〉

「じゃあ、声だけじゃなく地獄の様子を見せてくれるか？」

〈見せたいのはやまやまだが、俺だってどうすればそんなことができるのか皆目《かいもく》見当も付かないんだ。俺の声だって、どうして聞こえているのかわからないし〉

「じゃあ、おまえの声以外のものを聞かせてみてくれ」

〈何が聞きたいんだ？〉

「そうだな。おまえ以外の亡者の声なんてどうだ？」

〈聞こえてないのか？〉

「どういうことだ？」

〈亡者たちの呻き声で耳が張り裂けそうだぜ〉

「そんな声なんか全然……」

〈耳を澄ましてみろよ。俺は黙っているから〉犍陀多は黙り込んだ。

何も聞こえなくなった。いや。厳密に言うなら、犍陀多の声よりもなお小さなノイズが聞こえているような気がする。これこそ耳鳴りなのかどうかはっきりしない。

乙骨はノイズに神経を集中した。すると、ノイズに埋もれてぼんやりとした無数の声が聞こえてきた。

おおおおおおいいいいいいいやおあああわううううういたいくるしいころしてやるあ

いつのせいだおれはわるくないあのひとのせいだいたいくるしいあついわたしはなにもわるくないのにうらんでやるのろってやるひとごろしたたってやるなだいたたってやるあついくるしいかわくころしたい

男や女や子供や老人や様々な声が入り混じっていたが、一様に深い怒りと苦しみに満ち満ちていた。

「うわぁぁぁぁぁ!!」乙骨は絶叫した。そして、耳からイヤホンを抜くと、ゲルマニウムラジオを投げ捨てた。

何なんだ、今のは？　つまらない悪戯か？　だけど、亡者の声を聞きたいと言ったのは、俺の方だ。そんなにすぐにあれほど不気味な音声を用意できるものだろうか？

乙骨は穢《けが》れたものを見るような目つきでラジオを眺めた。

こんな不気味なものは今すぐ壊して捨ててしまおうか。

彼はラジオに手を伸ばし掛けたが、その手が止まった。

しかし……。

これを壊すことは自分が聞いた声の存在を否定する機会を自ら捨てることになるのではないか？　むしろ、自分が声の存在を信じていることを証明してしまうことになりはしないか？

あの声は——地獄の亡者の声は自分の中から出てきたのではないのか？　良心が作り出した自分自身へのメッセージだとしたら？

乙骨は全身をぐっしょりと汗で濡らしながら書斎を後にした。

しばらく居間で呆然《ぼうぜん》としていると、妻が帰ってきた。

「どうしたの？　電気も点《つ》けずに？」

そう言えば、すっかり日が暮れて暗くなっていた。

「あ。ああ。ちょっと考え事をしてんだ」

「考え事って、ひょっとして仕事のこと？」妻はやや疑いを含んだ目で乙骨を見た。

前の転職のときはすんなり許してくれたが、それは転職しても給料はさほど下がらないだろうという妻の目論見《もくろみ》があったからこそだった。だが、意に反して、新しい職場での給料は以前と較べるとほぼ半減と言ってもいい状態だった。もちろん、妻ははっきりと口に出したりはしなかったが、言葉の端々に不満が表れていた。

一方、乙骨にも言い分はあった。

前の会社は曲がりなりにも大会社だったが、今の会社はお世辞にも中小企業とすら言えない零細企業だ。そして、前の会社では非正規時代を含めれば勤続二十年だったのに対し、今はほぼ見習いも同然だ。しかも、職種は全く慣れない経理だ。これで高給が貰えたら、奇跡に近い。

だが、そのような状況に陥ってるのも、元を質《ただ》せば乙骨が前の会社の仕事に音《ね》を上げたからだ。だから、当然のことながら強くは反論できないのだ。

妻は乙骨の返事を待っているのか黙っている。

彼女は乙骨が新しい仕事にも不満を持っていることを感じとっているのだろう。そして、また転職をすると言い出すのを恐れている。この齢になって、一年経たずに離職したりしたら、次の就職がさらに難しくなる。彼女の収入があるので、困窮するまでにはいたらないだろうが、この家のローンの支払いは相当厳しくなる。最悪、家を売って、どこかに部屋を借りなくてはならなくなるかもしれない。

不正を働けと言われていることを正直に言うべきだろうか？　良心の呵責《かしやく》に耐え切れず、幻聴まで聞こえてきたと。本当のことを言えば、まさか罪を犯せとまでは言わないだろう。

しかし……。

真実を語れば、自動的に彼女まで巻き込むことになってしまう。

そんなことをさせられるのなら、辞めたらいいわ。

俺は彼女にそう言わせることによって、責任転嫁《てんか》をしようとしているのではないだろうか？　彼女が決定したのだから、俺はそれに従ったまでだと。

妻に言う訳にはいかない。

会社は自分に粉飾をさせようとしている。

乙骨は喉まで出掛かった言葉を呑み込んだ。

「いや。さっき書斎で面白いものを見付けたんだ」

「書斎？」妻の眉間《みけん》に皺《しわ》が寄った。

そうだった。妻は「書斎」を気に入っていないのだ。だから、普段はなるべく話題にしないようにしてきた。だが、会社の話をするぐらいなら、「書斎」の話で気を逸《そ》らせた方がましかもしれない。

「あの書斎だけど、そろそろ片付けた方がいいんじゃないかしら？」

思いがけず、妻はストレートに言ってきた。そろそろ来るんじゃないかと何となく思ってはいたが、それが今日だとは思っていなかった。

「片付けるってどういうことだ？　そもそも物入れなんだから、散らかっていて当然だろ？」

「物入れ？　今、書斎って言ったじゃないの」

「いや。書斎だよ。物入れ兼書斎だ」

「物入れか書斎かはっきりしてよ。都合のいいように書斎にしたり、物入れにしたりしているけど」

「うん。そのうち片付けるよ」

「片付けるってどうするつもり？」

「整理整頓するってことだ」

「整理整頓ってどういうこと？」

「整理整頓は整理整頓だ。ちゃんと整理して箱詰めしたり、積み重ねたり……」

「捨てるの？」

「捨てるって何を……」

「あなたの宝物たちをよ」妻の目は真剣だった。

「わかった。整理するときにいくらかは処分するよ」

「いくらか？」

「全部捨てるのは勘弁してくれ。あれは……あれらは俺の生き甲斐《がい》なんだ」

「ふうん」妻は納得していない様子だった。

ますます粉飾を強要されていることが話し辛い状況になってしまった。謎のラジオ放送のことなど言い出したら、ふざけていると思われかねない。

乙骨は妻との会話は早々に切り上げた。

そして、寝床で、妻には打ち明けなくてよかったと思った。熟考の末、家族の幸福を守ることもまた自分の務めなのではないかという考えに至ったのだ。

自分の家庭は守らなければならない。それもまた正義とは言えないだろうか？

結局、乙骨は一睡もできずに朝を迎えた。

次の日、会社にいくと、すぐに課長が近寄ってきた。

「昨日の話だが、いつできそうだ？」耳元で囁《ささや》く。

「もう少し待ってください。いろいろ準備が必要なんです」

「おまえが間違って修正した以降のデータを全部消去して、そこから再入力するだけだろう。今すぐ始めろよ」

そんなに簡単なら、自分ですればいいのに。

乙骨は思ったが、もちろん声には出さない。

「そう思うんですが、取引の日付と入力の日付がずれてしまうんじゃないかと思いまして」

「そんなのは、パソコンのカレンダーをずらせば済む話だろ」

「本当にそんな単純なものなんでしょうか？」

「何⁉」課長は反抗されたと思ったのか、語気が強くなった。

「わたしはコンピュータにもソフトにも詳しくないので、自信がないんです。監査された時にデータが矛盾してしまったら、まずいでしょう」

「あ？　そういうものなのか？」

「だから、それすらわからないんですよ。わたしはコンピュータには素人《しろうと》なので、一から勉強しないと」

「一から？　おまえ、なんて暢気《のんき》なことを言ってるんだ？　そんなんで今日中にできるのか？」

「じゃあ、経理ソフトのメーカーの担当者に問い合わせましょうか？　そうすればすぐにわかると思います。ただし、なぜ、そんなことを聞くのかと疑問に思うでしょうし、問い合わせ内容を記録に残すかもしれませんが」

「それは困る」課長の額に汗が滲み出た。「わかった。すぐには始めなくていい。とにかく今日中に仕上げろ」

乙骨は自分の席に着くと、経理ソフトを起ち上げ、マニュアルを取り出し操作を始めた。

実際のところ、よく似たソフトは前の会社の人事管理でも使っていたので、入力日時のデータなど簡単に変更できることはわかっていた。ソフトに詳しくない云々《うんぬん》は時間稼ぎのためだ。

課長は自席からじっと乙骨を睨み付けている。挙動を監視しているつもりだろう。乙骨は意味のない操作を繰り返し、時間稼ぎを続けた。

やがて昼休みになった。

乙骨は昼食を取りに外へ出た。

財布を取り出そうと、ポケットに手を突っ込んだときに異変に気付いた。手に触れたのは財布ではなかった。取り出してみると、それは昨日のゲルマニウムラジオだった。何をどう間違えたのか、財布とラジオを間違えて持ってきてしまったらしい。

このままでは、飯は食えないな。

乙骨は途方に暮れてしまった。飯が食えないのなら、外に出ていても仕方がない。かと言って、今更会社に戻る気にはなれなかった。

彼はこの街のことはよく知らなかった。駅と会社、会社と食事をする店との往復しかしてこなかったのだ。

いい機会だから、街を散策してみるのも一興《いっきょう》かと思った。

これから重苦しいことをしなくてはならないのだから、精一杯の気晴らしをしてもいいだろう。

乙骨は街を歩き出した。

不思議なもので、いつもの経路から少し離れただけで全く違う街のように見える。ほう。こんなところに川があったのか。

川に近付くと、それを見下ろすように小さな公園があった。

乙骨は公園に入った。

昼間ということもあるのだろう。子供たちの姿はなかった。

乙骨はベンチに腰を下ろした。手持無沙汰なので、スマホでも弄ろうとポケットに手を突っ込むと、また例のラジオに手が触れた。取り出して、じっと眺める。

昨日のは幻聴だったのだろうか？　それとも、誰かの悪戯か。

幻覚かどうか確認するのは結構難しそうだが、悪戯かどうかはすぐに調べられそうだということに気付いた。もし悪戯だとしたら、彼が家にいるときを狙ったことになる。まさか、この公園で使うとは思ってもいないだろう。ずっと、彼を観察して、ラジオを使うのを待ち続けているというのはいくらなんでも現実的ではない。

ベンチは金属製だったので、飛び出している金具にアンテナを繋ぎ、イヤホンを耳に入れた。

「鍵陀多、聞こえるか？」

〈ああ。なぜ今更そんなことを聞く？〉

乙骨はラジオを取り落としそうになった。

ということはつまり、これは悪戯なんかではないらしい。だとしたら、俺の幻聴か、もしくは本当に地獄の亡者に繋がってしまったかどちらかだ。

「ずっと俺を待ってたのか？」

〈何のことだ？〉

「昨夜、話したときから随分経ったろう？」

〈昨夜？　ここには昼夜の概念がないんだ。ずっと、つまらない刑罰が続いている〉

「それにしたって、もう十二時間以上経っているんだが」

〈そうなのか？　全然気づかなかった。こっちとそっちで時間の流れが違うのかもしれない。それとも、あまりに長い年月ここで過ごしたので、十二時間ぐらいは一瞬に思えるようになっちまったのかもな〉

「どっちにしても、待たせた訳じゃないようで安心したよ」

〈それで、俺に何かしてくれる決心は付いたのか？〉

「悪いが、俺は自分のことで精一杯だ」

〈まあ、誰でも自分が一番なのは、普通のことだな。でも、わざわざ半日後に話し掛けて

くれたってことは何か思い付いたんじゃないのか？〉

「そうだな。自分でも不思議なんだが、おまえの話を聞いてみるのもいいんじゃないかという気にはなってるんだ」

〈俺の話なんかしてもつまらないぞ〉

「それは聞いてみなくてはわからないな。そもそもおまえはどんな悪事をして地獄に落ちたんだ？　盗みか？　人殺しか？」

〈両方やったな、それも何千回もだ〉

「話を大げさにしてるだろ」

〈いや。本当だ。最初に殺したのは、まだ二、三歳の妹と両親だ。そして、殺した後、食っちまった〉

犍陀多は身の上話を始めた。それは身の毛もよだつ惨《むご》い物語だった。もし、現実に犍陀多のような人物に出遭ったなら、乙骨は激しい戦慄《せんりつ》と嫌悪を覚えたことだろう。だが、犍陀多とは声でしか繋がっていない。だから、なんとなく現実感は乏しかった。まるで小説を読んだり、ドラマを見たりするような感覚だった。

「なるほど。そこまで酷いことをしたのなら、地獄に落ちても仕方がないのかもしれないな」

〈見放すようなことを言わないでくれ〉

「しかし、おまえみたいな酷いことをしたやつなんか聞いたことがないぞ」

〈それはおまえがいる世界が恵まれているからじゃないのか？〉

「恵まれている？　ここが？　とんでもない。ここは生き地獄だよ。生きるためには、いろいろな辛いことをしなくてはならないんだ」

〈人を殺さなくても生きていけるんだろ？〉

「そんなことは当たり前だ」

〈俺がいた時代はそうじゃなかった。おまえのいる時代は人を食わなくても生きていけるんだろ？〉

「当たり前じゃないか」

〈極楽のような暮らしじゃないか〉

「人を殺したり食わなくてもいいということが極楽だって？」

〈当たり前じゃないか〉

「おまえは人を殺したり食ったりしたくなかったのか？」

〈いいや。正直なところ、俺は人を殺したり食ったりするのは好きだった〉

「ほら。みろ」

〈だけど、おまえの世界に住んでいたら、そんなことは好きにならなかったかもしれない〉

「環境のせいだというのか？」

〈俺は生きるために殺すしかなかった。だから、後悔していない。だけど、一つだけ心に残ることがある。俺は殺さなくてもいい命を奪ったんだ〉

「妹のことか？」

〈あいつは俺を苛立たせた。死ぬに値する。そうじゃなくて、俺は俺とは何の関係もない一匹の蜘蛛を踏み潰したんだ。もしあのとき踏み潰していなかったら、どうなったろうと思うときがある〉

「何千人も殺したんだろ？」

〈何万人かもしれない。だけど、それと蜘蛛は全然違う。俺は生きるために人を殺したり、食ったりしたし、欲望を満たすために女を犯した。だけど、蜘蛛はそうじゃなかった。別に殺す意味はなかったんだ〉

「申し訳ないが、全く共感できない」

〈別に構わないさ。けど、ときどき思うんだ。もし、あのとき蜘蛛を殺さなかったら、地獄の上の極楽浄土でその行いを釈迦如来が見ててくれて、俺を地獄から救ってくれたんじ

ゃないかと〉

「めちゃくちゃだな。極楽は西方《さいほう》十万億土の彼方にあるんだ。地獄の上には極楽なんかないぞ。それに、極楽に釈迦如来っていうのもおかしい。極楽浄土《ごくらくじょうど》におわすのは釈迦如来じゃなく、阿弥陀《あみだ》如来だろ」

〈小理屈なんかどうでもいい。俺はたった一つの善行もできなかった。それを悔やんでるんだ〉

「まるで『一本の葱《ねぎ》』みたいだな」

〈葱がどうしたって？〉

「『カラマーゾフの兄弟』に出てくる挿話《そうわ》だ。生きているうちに一つもいいことをしなかった老婆が地獄の火の海に落とされた。老婆の守護天使はなんとかして救えないかと考えているうちに、彼女が一本の葱を乞食に与えたことを思い出したんだ。守護天使はそのことをキリスト教の神に申し出て、彼女を助けることを願い出る。神は守護天使にその葱で老婆を引っ張り上げることを許可するんだ。だけど、途中で切れたら、老婆は永遠に地獄に留まることになると。守護天使は喜んで葱を持って地獄に行き、老婆を引き上げようとした。そのとき、老婆に大勢の亡者たちが群がった。一緒に天国に引き上げてもらおうとしたんだ。そこで、老婆は思わず……」

〈ずうずうしい亡者たちだ〉

「そうかもしれない。だけど、助かりたいのはみんな一緒だ」

〈善行を積んだのは老婆一人だ。なぜ、関係ないやつまで助けなければならないんだ。それでなくても、葱一本なんか簡単に千切《ちぎ》れてしまいそうなのに〉

「何が正しいのかなんて、誰にもわからない」乙骨は溜め息を吐いた。「ある観点では、悪行であっても、別の観点から見れば善行になることもある」

〈つまり、俺が人を食うようなことか?〉

「それが善行となる観点なんかあるのか?」

〈人の命を救った〉

「誰の命を?」

〈この俺の命だ。俺の命もかけがえのない大切なものだろ?〉

乙骨は眩暈を覚えた。

犍陀多の言葉は単なる屁理屈のように思える。だが、どうしてそれを否定することができよう。人を含め、動物は他の生命を奪って生きている。それが罪だとするならば、どうして動物たちは生きていられよう。動物だけではない。植物だって、自らの命のために、他の植物の領域を奪い、微生物を殺している。だとすると、生きること自体がすでに罪深いのだ。

　乙骨は嗚咽《おえつ》した。

〈泣いているのか？〉

「人間は罪深い。世の中は辛いことだらけだ」

〈何か辛いことがあるのか？〉

「俺は生きるために罪を犯さなければならないのだ」

〈……話を聞いていいか？〉

「おまえに話してどうなるというんだ？」

〈どうにもならないかもしれない。だけど、俺は聞きたいんだ。俺は……俺は罪とは何かと知りたくなったんだ。こんな気持ちは始めてだ。おまえと話したからかもしれない〉

　乙骨は凶悪なはずの犍陀多の言葉を聞いて、涙を流しながらもつい微笑《ほほえ》んでしまった。この男はある意味純粋なのだ。純粋過ぎて悪を躊躇《ためら》いなく行えるのだ。

　乙骨は自らが置かれている状況を犍陀多に説明した。現代日本の会社組織のことを犍陀多に説明するのは骨が折れたが、乙骨は辛抱強く丁寧《ていねい》にゆっくりと説明を続けた。昼休みは疾《と》うに過ぎ、すでに日が傾きかけていたが、乙骨は話し続けた。

　公園の中には小学生や幼児を連れた母親たちがやってきたが、ベンチで話し続ける乙骨には誰も近付こうとはしなかった。

〈俺には、随分難しい話だったが、だいたいわかった〉

「本当か？」

〈つまりはおまえの仕事仲間のために嘘を吐《つ》かなければならないということだな。おまえの仕事がなくなればおまえの家族も困ることになる〉

「ああ。その通りだ」

〈なぜおまえが悩んでいるのか俺にはわからない〉

「さっき、わかったと言ってたじゃないか」

〈それはおまえの置かれている立場のことだ。わからないのはおまえが悩んでいる理由のことだ〉

「では、おまえに俺のとるべき道がわかるのか？」

〈おまえがとるべき道はわからない〉

「言っていることがめちゃくちゃだ。おまえは、俺のとるべき道がわからないのに、悩む必要がないというのか？」

〈当たり前だ。おまえのとるべき道はおまえが決めることだ。俺に訊いてどうする？〉

「だったら、俺が悩む必要がないというのはどういうことだ？」

〈おまえがとるべき道はおまえが決めればいい。俺には、なぜ悩むのか理由がわからない〉

「簡単には決められないということがわからないのか？」

〈おまえの心の命ずるままにすればいいのではないか。俺ならそうする〉

「おまえはそうやって罪を重ねてきたのではないか」

〈おまえが犯そうとする罪なんてたいしたものじゃない〉

「粉飾がたいした罪じゃないっていうのか？　日本の法律も知らないくせに」

〈おまえたちの法律のことは知らない。だけど、おまえは誰かを殺す訳なんじゃないだろ？〉

「ああ。もちろんだ」

〈そして、おまえの仲間たち——会社っていうのか？——も得をする〉

「そうだ」

〈おまえの家族も安泰だ〉

「その通りだ」

〈躊躇う理由がどこにある？〉

そうだ。俺は何を悩んでいるのか？

「法律だ。俺は法律によって罰せられるかもしれない」

〈それは自分のためだな〉

「えっ？」

〈法律で罰せられるのが嫌だというのは保身のためだ。つまり、それは他人のための施《ほどこ》しじゃない。蜘蛛を助けたり、乞食に葱を施すのとはまるで違う話だ〉

そうか。どっちにしても、俺は保身を考えていた訳だ。何が自分にとって得なのかを。

乙骨は自分が恥ずかしくなると共に空しくもなった。

何が正しいのか、何をすべきなのか、全くわからなくなった。

〈だけどな〉犍陀多は言った。〈大事なのはおまえ自身がどう感じるかだ〉

「俺自身？」

〈俺は大勢の人間を殺したが、それに関しては全然悔やんでいない。理由があったからだ。だけど、一匹の蜘蛛を踏み殺したことには理由がなかった。俺自身が納得できていないんだ。だから、それは小さな棘《とげ》となって、ずっと俺の心に刺さり続けている〉

「共感はできないが、何を言わんとしているのかはわかるぞ」

〈もし、おまえが粉飾をすることに納得しているのなら、すればいい。そんなことはちっぽけな悪に過ぎない。だが、納得できないのなら、やめた方がいい。どんなに小さくとも、

それは棘となって、生涯……いや、永遠におまえを苛《さいな》み続けることだろう〉

日が沈み始めた。

子供達や親子連れは姿を消していた。

乙骨は夕日を眺め、そして暗くなっていく空に現れる星々を見詰めた。

もうこのまま会社には行かず、帰ろうかとも思った。

いや。それは駄目だ。俺は課長と約束したんだ。けじめは付けなくてはならない。

「ありがとう、犍陀多。おまえと話ができてよかった」

乙骨はアンテナをはずし、ポケットにラジオを突っ込むと、会社へと戻った。

この会社では誰も定時で帰ることはなく、黙々と作業をしている。何人かはちらりと乙骨の方を見たが、すぐに自分の作業に戻った。

ただ、一人、乙骨を睨み付けている者がいた。

乙骨は目を逸らさずに課長席に向かった。

「無断でどこに行ってきた？」課長の目は釣り上がっていた。

一瞬、怯《ひる》みそうになったが、犍陀多の言葉を思い起こし、自分自身を奮《ふる》い立たせた。

俺は一生棘に苛まれるのは御免だ。

「はっ？　棘が何だって？」課長は怪訝《けげん》そうな顔をした。

ついうっかり心の中の声を口に出して言ってしまったらしい。

「公園で友人と話してきました」

「友人？　何のことを言っている」

「話の内容は、粉飾を引き受けるかどうかについてです」

課長は拳を握った。

だが、それが腹に到達する前に、乙骨はそれに自らの拳を、叩き落とすようにぶつけた。

「痛っ！　何すんだよ！」課長は自分の手首を押さえながら言った。ふい打ちだったので、防御できず、手首を痛めたようだった。

乙骨の心は全く痛まなかった。

「今のは正当防衛です」

「覚えてろよ」課長は燃えるような目で睨み付けた。「とりあえず、今日のところは早く仕事を片付けて貰おう」

「仕事って何ですか？」

「無駄口はいい！　早く仕上げろ！　今日中にやるって約束だろ！」課長は怒鳴り付けた。

社員たちは二人の方を見た。

課長はみんなの視線に気付いたのか少し声を落として言った。「とにかく今すぐやれ。

一時間以内にだ」

「だから、仕事って何ですか？」

「ふざけるのもいい加減にしろ。会計事務所に提出する書類の訂正だ」

「あれを訂正する必要はありません」

「何を言ってるんだ？　レトロフューチュリア社の案件があるだろ。例の部品を買った件だ」

「架空取引を経理書類に反映させる気はありません」

「おまえ、何言ってんだ？　冗談なんか言っても、何も面白くなんかないぞ」

「冗談ではありません。わたしは粉飾の片棒を担ぐ気はありません」

「この野郎！」課長は乙骨の顔面に殴りかかろうとしたらしいが、椅子に足をとられて、その場に倒れてしまった。慌《あわ》てて飛び起きると素早く椅子を元に戻した。倒れたこと自体なかったことにしたいようだ。

乙骨はちらりと軽蔑《けいべつ》したような目で見た。

「何様のつもりだ？」課長は冷静さを装っているようだった。

「何様でもありません。わたしはただの会社員で一市民です」

「おまえがやらなきゃ誰がやるんだよ!?」

「どうしてわたしにやらせようとするんですか？」

「……それは、おまえが一番適任だから……」

「これはこの会社の存亡に関わる大事な仕事なんですよね？」

「そうだ。よくわかってるじゃないか」

「そんな大事な仕事をどうして、入って一年足らずのわたしなんかに任せるんですか？」

「それはだな……その適材適所だ」

「違うでしょ。課長は普段わたしのことをできない人間だと罵っているではないですか」

「それはあれだ。言葉の綾《あや》だ。本気じゃない」

「経理の事情をよく知っている方が何人もいるではないですか。どうして、その方々に頼まないんですか？」

「よく知っているからいいってもんじゃないんだ。この案件はデリケートだから……」

「関わる人間はできるだけ少ない方がいいということですか？」

「そうだよ。大勢でやったからって、うまくできるとは限らないんだ。こういうものは少数精鋭だよ」

「では、どうして課長一人でやらないんですか？」

「俺は忙しいんだよ。他にやらなければならないことがいっぱいあるんだ！」

「会社存亡の危機よりも大事な仕事がそれほどあるんですか？」

「何だよ。さっきから理屈ばかり言いやがって！　理屈を言うな！　理屈を！」

「それじゃあ、わたしの方から正解を言いましょうか？　課長は、入ったばかりのわたしに汚れ仕事を押し付けたんです」

「仕事に綺麗も汚いもあるか！」

「万が一、粉飾が発覚したとき、わたし一人に全部の罪を着せるつもりだったんでしょ？　自分はいっさい手を汚さず、わたし以外には粉飾の内容を知らせなかったのはそういう意味ですよね」

　今まで静かに聞いていた社員たちが俄《にわ》かにざわつき始めた。

「おい。いきなりなんてことを言い出すんだ」課長はきょろきょろと周りを見回しながら言った。「その話は外でしよう」

「おそらく、この案件は社長にも話してませんよね？　だから、決して社長に話すなと言ったんですよね？」

「違う！　社長は知らないことにしておかないとまずいから……」

「逆ですよね？　課長がこんなことに関わっているのを社長に知られたらまずいからですよね」

「そんなことは……」

「だったら、今から社長に話してきます。知っているなら、問題ないはずですよね？」

「待て」課長は乙骨の方を掴んだ。「社長に言っても恍《とぼ》けるだけだぞ」

「別に僕は恍けられても構いませんから」

「待てよ!!」課長は強引に乙骨の腕を引っ張った。

「ほら、社長に知られて困るのは課長じゃないですか」

課長の表情は憤怒のそれになり、その後いったん無表情になったかと思うと、突然笑い出した。

「ああ、そうだよ。粉飾のことは社長も知らない。俺が一人で進めている。だけど、それのどこが悪いんだ？　俺はこの会社を守ろうとしてるんだぞ」

「それが正しいことなんですか？」

「正しいに決まってるだろ！　この会社の全社員の生活を守るためだ！」

「粉飾の手伝いを強要するような会社に縋って生きていくことが正しいんですか？」

「だったら、どうしろと言うんだよ!?　元請けに睨まれたら、その瞬間にこの会社は倒産なんだよ!!」

「倒産」という単語にその場にいた全員がぴくりと反応した。

「大丈夫だ」課長はみんなに言った。「元請けの意向を汲めば、問題ない。今まで通り商売は続けられる」そして、また乙骨に向かって言った。「おまえが黙って俺の言うことを聞けば、それで全て丸く収まるんだ。自分の勝手な正義感にみんなを巻き込まないでくれ」

「巻き込んでいるのは課長の方でしょ」

「おまえ、何言ってるんだ？」課長の顔に微かに動揺が走った。

「元請けはどうして課長に粉飾の打診をしてきたんでしょう？」

「そ、それは俺がずっと経理畑で実力を発揮してきたから……」

「元請けが、粉飾を手伝わなければ、取引をやめると言ったのは、本当なんですか？」

「あ、当たり前だ。交換条件がなければ、こんな危ない橋を渡るはずがないだろ」

「取り引き云々というのは、会社全体の損得に関わることです。課長個人にそんな交換条件を出すのは不自然です」

「それはだな……」課長はどぎまぎと言った。「俺の愛社精神を元請けが知っているからだな……」

「入社したときに聞いた話を思い出したんです。この会社の製品って独自のノウハウがあるから他社では簡単に作れないって」

「そうだ。うちの会社にしかない技術だ」

「だとしたら、どうして元請けはうちを切れるんですか？」

「そ、それは、その……技術は日進月歩で……」

「そんな方法がとれるのなら、課長ではなく、社長に打診するはずではないんですか？　どう考えてもその方がことがスムーズに運ぶ」

「な、何が言いたいんだ？」

「課長個人に打診したと言うことは、条件として出したのは課長個人に関することではないかということです。金なのか、ひょっとすると元請けでのポストなのかはわかりませんが」

　課長は顔面蒼白となった。図星らしい。

「……いいだろう。おまえも仲間に入れてやってもいい。ここの退職金なんかより遥かに高額の報酬が手に入るんだ」課長は見る見る汗だくになっていった。「だから、一緒にやり遂げよう」

「わたしはそんな報酬は御免です。多額の金が入ったとしても、ずっと心の棘に苛まれていては幸せにはなれません。それに」乙骨は周囲を見渡した。「みんなも聞いてしまいましたよ。全員に報酬を支払えるのですか？」

「あっ！」課長は口を押さえた。「おまえのせいだ。おまえが全部を無茶苦茶《むちゃくちゃ》にしたんだ。元請けが倒産したら、うちも一蓮托生《いちれんたくしょう》だ」

乙骨は肩を竦《すく》めた。「粉飾しなくては存続できない企業は倒産するしかないんです。それに縋らないと生きていけない会社も」

「それは、おまえの勝手な理屈だ。社会では、そんな正義面は通用しないぞ。みんなの生活はどうなるんだ？」

「やりたければ課長一人でやってください。わたしを巻き込まないでください」

「馘《くび》だ！　おまえは馘だ。俺にはその権限がある」課長は続けて周りの人間にも言った。「おまえたちも他言は無用だぞ。余計なことを言ったら、即刻馘だ」

「どういった理由で馘にするんですか？」乙骨は溜め息を吐いた。

「不正会計をしようとしたという理由だ」

「不正会計をしようとしたのは課長でしょ」

「そんな証拠がどこにある。一年程前にコネで無理やり入ってきたおまえと何十年も会社のために尽くしてきた俺と、社長はどっちを信じると思う!?」課長はにやりと笑った。

ああ。この人は本当にどうしようもないんだな、と乙骨は思った。これだけの人数の人間を意のままにできるはずがない。だが、そんなことを説明しても納得はしないだろう。

乙骨はふと思いついて、ポケットの中を探った。

「今の会話を社長に聞かせたら、どう思うでしょうね？」

「は、はったりはよせよ。録音なんかしてなかった癖に」

乙骨はゲルマニウムラジオを親指と人差し指で摘《つ》まんでポケットの中から持ち上げた。

「ひっ！」課長は目を見開いた。

もちろん、ゲルマニウムラジオには録音機能はない。だが、課長にはそんなことはわからないだろう。

「は、嵌めたのか、俺を⁉」

「どうするかは自分で決めてください。一人で粉飾してもいいし、会社を辞めてもいいし、わたしを馘にしてもいい。自分が最善だと思うことをしてください」

「それは俺に辞職しろということか？」

「いいえ。そんなことは言ってませんよ」

「だって、粉飾したり、おまえを馘にしたりしたら、俺を訴えるつもりなんだろ？」

「どうするかはまだ決めてませんよ。そのときが来たら、考えます」

「嘘を吐け。俺を陥れるつもりなんだな！」

「もう帰っていいですか？　今日はとても疲れてしまったので」乙骨はラジオをポケット

にしまうと、課長に背を向けた。

「おい、待て。みんなそいつを止めろ！」課長は叫んだ。

誰も動かない。

「何してるんだ⁉　そいつは会社を潰す気だぞ‼」課長は乙骨に飛び掛かり、羽交《はが》い絞《じ》めにしようとした。「その録音機を渡せ！　ここで壊してやる」

何人かの社員たちが動き出した。

「そうだ。一緒にそいつを……わっ‼」

社員たちが掴んだのは課長の身体だった。そのまま強引に乙骨から引き剝がした。

「何をするんだ⁉　放せ‼　あいつを止めないと、俺は大変なことになる‼」

やっぱり会社ではなく、自分のためだったのか、と乙骨は納得した。

「ありがとうございます」乙骨は課長を取り押さえている社員たちに頭を下げた。

社員たちも乙骨に頭を下げた。課長を取り押さえている社員だけではない。その部屋にいる全員が乙骨に会釈したのだ。一様にほっとした表情をしている。

よかった。後はこの人たちに任せれば大丈夫だろう。どういう結果になろうとも、それはこの人たちの決めたことだ。喜んでそれを受け入れよう。

乙骨は家路についた。

「また、転職になるかもしれない」夕食の後、寛《くつろ》ぐ妻に乙骨は思い切って言った。

「えっ？」妻はソファから転げ落ちそうになった。「いったいどうしてまたそんなことになったのよ⁉」

「上司から不正行為をするように言われたんだ」乙骨は今までの経緯《いきさつ》をかいつまんで話した。もちろん、犍陀多に関することは割愛《かつあい》して。正気を疑われてもメリットはない。

「つまり、悪いのは、その課長であなたではないのね？」

「ああ。そうだよ」

「だったら、あなたは辞めなくていいんじゃないの？」

「正論を言うなら、辞めなくていいと思う。だけど、結果的に会社に迷惑をかけてしまうことになるかもしれない。不正会計ができなくなったと知ったら、元請けは嫌がらせをしてくる可能性もある」

「あなたの会社には技術力があるんでしょ」

「やり口はいくらでもある。数か月取り引きを停止したら、うちは資金ショートする。うちを倒産させて買収してしまえば、すべては元請けの思いのままだ」

「そうなったとしても、あなたのせいじゃないでしょ」

「そうは思わない人がいるかもしれない。たぶん、社内の人間よりむしろ、元請けの心証が悪いだろうから、居辛くなるかもしれない」

「結局全部、『たぶん』とか『かもしれない』の話ばかりじゃないの」妻は指摘した。「そんなこと全部まだ起こってもいないじゃない」

そう言われてみれば確かにそうだ。俺はまだ起こってもいないことに対して不安を持っているだけなのだ。何が起こるかは誰にもわからない。起こったときは起こったときだ。そのときに考えればいい。起こってもいないことにくよくよするのは、時間と精神の無駄だ。

そう考えると、何だかすっきりしてきた。明日は明日の風が吹く、だ。

「でも、まあ転職することは覚悟しといた方がいいかもしれないわね」妻は言った。

「今、さっき起こってもいないことだって言ってなかったっけ？」

「起こってもいないことを思い悩んで、くよくよするのは馬鹿馬鹿しいっていう意味よ。起こるかもしれないことに準備しておくのは、全然別のことよ」

「なるほど。そんなもんか」

「くよくよ考えるのはあなたの特徴だけど、それでも前の転職のときと較べると、そんなに深刻な感じじゃないわね」

「今回は前回とだいぶ状況が違うんだ。相談することができたから」

「あなたに相談できるような人がいたの？」妻は目を丸くした。

「俺だって、友達ぐらいはいるさ。……まあ、友達って言っていいのかどうかわからないけど」

「わたしも会ったことがある人？」

会社でのトラブルを話して少しは気が楽になった。ついでに犍陀多のことも話しておいた方がいいかもしれない。

「いや。俺自身、まだ会ったことがないんだ」

「何？　ＳＮＳで知り合った人？」妻が眉間《みけん》に皺を寄せた。

「いや。そういうのじゃないんだ。……そういうのかもしれないな」

「どういうこと？」

「たまたま知り合ったんだ。名前は犍陀多っていうんだけど」

「どこかで聞いたような名前ね。海外小説の登場人物だったかしら？　その人って、外国の人？」

「よくわからないけど、彼は今、地獄にいるらしい」

「それは冗談なの？　冗談だとして、あなたの冗談なのか、その犍陀多という人の冗談なのか、どっちなの？」

「少なくとも、俺は冗談なんか言ってない。たぶん犍陀多も冗談は言ってはいないと思う」

「いいえ。きっと冗談よ。そうでないとしたら、相当おかしい人よ、その犍陀多って人は」

「じゃあ、直接聞いてみればいい」乙骨はポケットからゲルマニウムラジオを出した。

「何それ？　携帯電話？　音楽プレーヤー？」

「ゲルマニウムラジオだ。これでラジオが聞けるんだ」

「ラジオ？　犍陀多ってラジオのディスクジョッキーか何かって訳？」

「そういう訳じゃないと思うんだ」

「悪いけど、何言ってるのかわからないわ」

「とにかく一度聞いてみればわかるさ」乙骨はラジオとイヤホンを差し出した。

妻はイヤホンを耳に入れると、ほぼ同時にダイヤルを乱暴に回した。

「あっ」乙骨は呆気《あっけ》にとられた。

「何も聞こえないけど？」

「アンテナに繋がないといけないんだ」

乙骨は妻からラジオを返して貰うと、アンテナを張ったが、犍陀多の声は聞こえなくなっていた。

おそらくさっき妻がダイヤルを弄ったときに周波数がずれたのだろうと思い、ダイヤルを回して犍陀多の声を探した。だが、もはや犍陀多の声は捉えられなかった。ときどき、微かに人の声や音楽が聞こえているところをみると、ラジオの機能は壊れていないらしい。

「どうしたの？」

「犍陀多の声が聞こえなくなった」

「きっと、離脱したんじゃない？　今時、アマチュア無線なんかやっている人いるんだ」

アマチュア無線じゃないと説明しようとしたが、やめておいた。説明しても理解して貰えそうになかった。そもそも自分自身どんな現象なのか理解していないのだから、到底説明しきれるものではない。

「ああ。きっとそうだな。また、繋がったら、教えるよ」

だが、乙骨は二度と犍陀多の周波数を見付けることはできなかった。


犍陀多は自分が森の中にいることに気付いた。

季節は秋口だろうか。薄着をしているので、少し肌寒い気がした。

はて、自分は今まで何をしていたんだろうか？

誰かと一緒にいたような気がした。その男は何か困ったことがあって、相談してきたのだ。人を殺したことも食ったこともないひ弱な男だったが、犍陀多は親身になって話を聞いてやったような気がする。小さな悪事をするかしないかで悩んでいたのだ。

馬鹿馬鹿しい。人を殺すことに較べれば、あんな小さな悪事、やってもやらなくても同じことだ。いちいち悩むのが面倒なぐらいだ。

あんな悪事？　どんな悪事だ？

犍陀多は首を捻ったが、もうどうしても思い出すことはできなくなっていた。

まあ、いいさ。思い出せないってことはどうせたいしたことじゃないんだろう。きっと夢か何かを見ていたんだ。

……夢？　そうか俺は夢を見ていたんだ。

犍陀多は長く苦しい夢を見ていたような気がした。

ということは、俺は今まで眠っていたのか？　いったいどこで？　他のみんなはどうした？

犍陀多はしばらく仲間を探したが、そのうち仲間は全部自分が殺したことを思い出した。

俺は何をしてるんだ？　すっかり無駄に時間を使っちまった。俺は急いでるんだ。

なんで急いでるんだ？

腹の虫が鳴いた。

そうか、腹が減ってるんだ。どこか村を見付けて食い物を盗まなきゃならない。用心の悪い村だったら、そのまま皆殺しにしよう。そうすればしばらくは食いたい放題だ。

犍陀多は舌舐《したなめず》りをした。

彼は村を探すときはとりあえず真っ直ぐ進むことにしている。そのうち必ず川にぶつかる。川にぶつかったら、今度は下流に向かって進む。どんな川でも下流は低地になっている。そこは大抵、平らで湿っているので、畑や田んぼを作ることができる。そんな場所には、人里があるはずだ。

犍陀多は急いだ。

ふと、目の端に何かを見付けたような気がした。

犍陀多の感覚は獣のように研《と》ぎ澄まされている。何かが落ち葉の下に隠れるのを見付けたのだ。

犍陀多は爪先で落ち葉を蹴散らした。

ちっぽけな蜘蛛が姿を現した。慌てて別の葉の下に潜ろうとしている。

つまらん。

犍陀多はそのままその場を後にしようとした。だが、ふとあの蜘蛛を踏み殺しておこうかと考えた。特に理由がある訳ではなかった。この犍陀多から無傷で逃げのびるものがあってはいけないような気がしたのだ。

蜘蛛を殺すのは簡単だ。犍陀多は踏み潰そうと足を持ち上げた。

本当にこれでいいのか？

犍陀多に微かな迷いが生じた。

納得できないのなら、やめた方がいい。どんなに小さくとも、それは棘となって、生涯……いや、永遠におまえを苛み続けることだろう。

誰だ？　誰が言った？

犍陀多は動きを止めた。今の言葉を薄気味悪く感じたのだ。

「納得できないのなら、やめた方がいい」今の言葉を自分の口で言ってみた。

これは俺の言葉だ。

なぜ、こんなことを言ったのか、誰に向かって言ったのかは、全然思い出せなかった。

だが、この言葉は犍陀多に強く響いた。

もう一度蜘蛛を見た。ごそごそと葉の下に隠れかけていた。

この蜘蛛が死んだとしても、全く可哀そうだとは思わない。だけど、俺には特にこいつを殺す理由がない。ただ、目の前の生き物を全部殺すという自分自身に課した規則に縛られているだけだ。よく考えると、仮令《たとえ》自分が作ったものだとしても、規則に縛られるのはどうも面白くない。

「けっ！　助けてやるぜ！」犍陀多は落ち葉を蹴散らした。

蜘蛛はどこかに飛んでいった。

犍陀多は急いで人里を探しに出発した。

殺人の甘美を味わえると思うだけで、犍陀多の胸は高鳴った。

犍陀多は血の池に沈んでいた。

今のは何だ？

犍陀多は乙骨という男と話をしたことや生き返って森の中で蜘蛛を助けたことを覚えていた。

あれは夢だったんだろうか？

絶え間ない地獄の責め苦の中で、犍陀多はもう長い間眠ることも夢を見ることもなかった。だとしたら、今のは何だったのだろう？

乙骨には仏が企《たくら》んだことではないかと言った。だけど、何も俺のためにはならなかった。むしろ、乙骨が助かったぐらいのものだ。

乙骨が助かった……。

犍陀多はその言葉の意味を反芻《はんすう》した。

つまり、俺は乙骨を助けた訳だ。人助けだ。

自分が善行を積んだという事実に犍陀多は呆然となった。

そして、蜘蛛を助けた記憶の意味にも気付いた。

俺は蜘蛛を踏み殺した。だが、乙骨を助けたことで、蜘蛛を助けた記憶が与えられた。

つまり、蜘蛛を殺した事実は蜘蛛を助けた事実に塗り直されたんだ。

いったい、それがどんな仕組みで起こったのか、犍陀多には理解できなかったし、興味もなかった。重要なのは、犍陀多が蜘蛛を助けるという善行を積んだことだ。

犍陀多は血の池の中から見上げた。

地獄の空は真っ黒だった。あの上にはいくつも地獄が連なっているのだという。しかし、地獄は無限ではない。地獄のその上には別の六道《ろくどう》があるのだという。

そこがどこかはわからない。乙骨は地獄の上には極楽などないと言った。そして、極楽には釈迦如来はいないとも。

だが、そんなことはどうでもいい。あの上にはきっとここことは違う、ここよりもっといい世界が広がっているはずだ。そこにいる何者かは俺のことを気に掛けているのかもしれない。

もし、何かが起こったら、俺はどうすればいい？　受け入れるべきなのか？　それとも、やはり拒否すべきなのか。俺は他人の思いになど動かされたくない。

それはとてつもなく細く銀色で、地獄の闇の中で輝いていた。

ゆっくりと目の前に垂れてくるそれを、犍陀多は期待と恐怖の目で凝視する。

河童《かつぱ》の攪乱《かくらん》

芥川龍之介作「河童」とは？

（あらすじ）

とある精神病院の患者、第二十三号がする話を正確に写したものだという話。それは――。

三年前、穂高山の梓川《あずさがわ》を散策していた時に、遭遇した河童を追いかけて深い穴に落ちてしまった僕。気がつくとそこは河童の世界で、チャックという河童の医者に助けられた僕は特別保護住民となって河童の国で暮らすことになりました。漁師の河童、バッグと仲良くなり、次第にこの国のことを知っていきます。例えば、河童の世界にはピアノやエッチングもあることや、河童は緑色でなく周囲の色に合わせて色を変えること、高度な文明があるが、腰まわりを一切隠そうとはしないこと。河童のお産は、腹の中にいる胎児にこの世界に生まれ落ちたいかを問い、その返事があったものだけが生まれること。機械工業が発達しており、クビになった職工の河童は食用にされるということ――。

いろいろなことを知り過ぎた僕は憂鬱《ゆううつ》になり、人間の国へと戻りたくなります。そして、ある年寄りの河童のところに相談に行きますが――。

銃声がした。

第二十三号たちは慌《あわ》てて、トックの家に向かった。

そこで見付けたのは、若い詩人の河童の遺体だった。手にはピストルを握りしめ、頭の皿からは赤い血と脳漿《のうしょう》が流れ出していた。

「これはもういけないね」医者の河童であるチャックは言った。「即死だろう」

トックの遺体には雌の河童が縋《すが》り付いて泣いていた。彼女はトックの正式の妻ではないが、長く愛人の立場におり、すでに子河童を儲《もう》けている。

河童の身体はとてもぬらぬらして触れるのは気味が悪かったが、第二十三号は我慢して雌河童を抱き起した。「いったい何があったのですか?」

「わかりません。何か書いていたかと思うと、突然ピストルで頭を打ち抜いたのです」

「その書き物というは、どれかね?」裁判官の河童であるベップは興味を持ったようだった。

「これです」雌の河童は紙きれをベップに見せた。

「ふむ」ベップは面食らったような顔をして紙切れを見詰めていた。

「どれどれ」第二十三号も覗《のぞ》き込んだが、それは翻訳されたゲエテの詩に似てはいたが、特に斬新《ざんしん》なものではないように思われた。

「これは一種の剽窃《ひょうせつ》だな」哲学者の河童であるマッグはしみじみと言った。「詩人として行き詰っていたのかもしれませんな」

「トック君は我儘《わがまま》なやつだったからな」硝子《ガラス》会社の社長の河童であるゲエルは悲しそうに言った。

彼ら五人――正確に言うと、一人と四匹は、トックの隣家《りんか》であるマッグの家で歓談していたのだ。第二十三号は河童ではなく、この世界に迷い込んできた人間だったが、かの国の法律により「特別保護住民」という地位に遇されていた。だからこそ、この国の上流階級と目される彼らと交際することができたのだ。

突然、音楽家の河童であるクラバックが飛び込んできた。部屋に入ると呆然と惨状《さんじょう》を見詰めていたが、マッグが紙切れを手にしているのに気付いたようだった。「それはトックの遺言ですか？」

「いや、最後に書いた詩だよ。みんなの意見ではそれほどできのいいものではないと……」

「見せてください！」クラバックは紙きれを引《ひ》ったくるように手に取った。そして、ぶつぶつと何度も呟いた。

第二十三号はどうしていいかわからなかったので、子河童の相手をすることにした。子河童の見掛けはグロテスクで、吐き気を催しそうなものだったが、その仕草は人間の子供そっくりだった。

子河童の方も最初は人間である第二十三号を警戒していたようだったが、優しく頭を撫でると、安心したのか彼になついたかのように身を寄せてきた。

人間の年齢と河童のそれとは、多少概念が異なっているため、直接の比較はできないが、この子はおそらく人間の二、三歳に相当する幼児だと思われた。自分の父親が死んだことすらも理解できないのだろうと思うと、自然と第二十三号の目から涙が零《こぼ》れ落ちた。

子河童はそんな第二十三号の顔をじっと見詰めていた。

彼は子河童に優しく微笑《ほほえ》み掛けた。

子河童はしばらく考え込むような仕草を見せた後、幼児の可愛らしい声で言った。「父の死を悲しんでくれているのですね。ありがとうございます」

第二十三号はぎくりとしたが、すぐに河童たちは生まれてすぐどころか、胎児《たいじ》の頃から知性を持っていることを思い出して、得心《とくしん》がいった。子河童は、知性を持つために十年以上の歳月が必要な人間の子供とは全く出来が違うのだ。

「君のお父様は立派な詩人だった」第二十三号は涙を拭《ぬぐ》いながら言った。

子河童は首を傾《かし》げた。「そうでしょうか。父は母にとって、よいパートナーとは思えませんでした。正式な夫婦にもなっていませんし」

「籍を入れることがそんなに重要だとは限らないよ」

「母は入籍することを望んでいました。それをしなかったのは、二人の合意によるものではなく、父一人の我儘だったのです」

河童たちは自分たちが人類より進化していると自負していたし、実際に科学技術の多くの面で人類を凌駕《りょうが》していると言える。だが、男女の間のささいな問題を解決できないことと一つを見ても、人類と較べてさほど進歩していないことは明らかだった。

第二十三号は河童の世界に来たとき、自分のような異種族かつ外国籍を持つものに対して、「特別保護住民」などという身分を保証してくれる河童たちを元の世界の住民と較べて、よっぽど上等な国民だと感心していた。しかし、何年かここで暮らすうち、彼らは彼らで問題が山積していることに気付いた。

河童たちは全員が幸福な訳ではない。それどころか、中には生活苦のために犯罪に手を染めなければならないものたちも存在している――もっとも、河童たちの善悪の概念や法律感は人類のものとは相当違うので、単純な比較はできないのだが。

第二十三号は現代の人間社会はいつか到達する完全な社会の達成までの一時的な通過点だと思い、きっと人間の知識の及ばない異界には理想的な社会が存在すると信じていた。彼が偶然、この河童の世界にやってきたとき、ついに理想社会に出会えたと喜んだのだ。最初のうちは楽天的な河童や彼らの文化、そして不思議な科学技術に魅了され、浮かれていたのだが、そのうちこの世界にも貧困や格差が存在すること、それどころか近隣国——獺《かわうそ》の国——との戦争まであることがわかった。

これは単に河童と人類がたまたま歴史上の同じ発達段階にあるためなのか、あるいは文明はそもそもこれ以上発達しようがないのか、どちらなのかはわからなかった。

二つの文明がたまたま同じ段階にあるというのは、あり得ないような気もする。しかし、互いに接触しうる環境下に存在する二つの文明に発達差があり過ぎた場合、遅れた方の文明は近代的な文明になる前に進んだ方の文明に吸収されてしまうはずなのだから、二つの文明とも生き延びている時点で、発達差がないのが当然のような気がする。

因《ちな》みに、人類は河童の存在やその文明を断片的にしか知らないが、河童の方は人類の歴史を詳細に研究・分析しており、街中で人間を見掛けても全く奇異に思わないぐらいに人類について精通している。二つの文明の発達差はそれほどには大きくないが、河童文明が人類文明に対し、一日《いちじつ》の長があることは否めないであろう。

第二十三号の知人は最初に出会った漁師のバッグ以外は、たいてい資本家や知識人や芸術家などの上流階級に限られていたが、そんな彼らも到底幸せいっぱいとは見えなかった。それぞれに悩みや驕《おご》りや怒りといった負の感情を抱えていた。

この子河童もまた苦しく辛い人生を歩むのだろうか、そう思うとまた涙がこみ上げてくる。

「しめた！」トックの辞世《じせい》の詩を読んでいたクラバックは突然歓喜の声を上げた。「これで素晴らしい葬送曲が書けるぞ！」

その場にいた第二十三号と河童たちは驚きの目でクラバックを見たが、クラバックはそんなことは何の気にもならないようで、詩が書かれた紙きれを持って、外に飛び出した。

家の前には、やじ馬たちが集まって黒山の人だかりになっていたが、クラバックには彼らの姿は目に入らないようで、自動車に飛び乗ると急発進して去っていった。

あれが芸術家というものだろうか？　親友が自殺して果てたというのに、その今際《いまわ》の際《きわ》に書いた詩を自分の作品の糧《かて》にしようというのだ。

「これこれ。勝手に入っちゃいかん」ベップは巡査の代わりに、家に入ろうとするやじ馬たちを押し出し、家の扉を閉じた。

騒動からもう一度トックの遺体の方に目を移すと、マッグがじっと遺体を見詰めていたのだった。

「トックの遺体に何か気になることでも？」第二十三号は詩人マッグに尋ねた。

「いやね。河童の人生について考えていたんです」

「河童の人生について何かわかったんですか？」

「河童が河童の人生を全《まっと》うするには……」

第二十三号は嫌な予感を覚えた。

マッグは少し恥ずかしそうに言った。「河童以外の何ものかの力を信じるしかないんでしょうね」

第二十三号は目の前が真っ暗になった。こいつらも人類と同じだ。自分たちだけでは理想社会など築けないのだ。どんな種族も不完全なのだ。この宇宙のどこにもユートピアなどありはしないのだ。

果てしない絶望の中、第二十三号は深い暗闇の中に落下していく自分を感じた。

「どうしたんだい、ぼうっとして？」彼氏が声を掛けてきた。

羽田亜矢子《はだあやこ》ははっとした。

ここは喫茶店の中。今は恋人とデート中だったのだ。

「映画を見ているときもずっとそんな感じだったよ」

正直、映画の内容は全然頭の中に入ってこなかった。それどころではないのだ。

亜矢子はバッグの中に手を入れ、例のものを握りしめた。

「あのね、実は……」

「何だい？」

亜矢子は人の好《よ》さそうな男の顔を見詰めた。

彼は本当に人が好い。それにそこそこいい大学を出ているし、背も高い。これといって大きな欠点はない。だけど、飛び抜けてすばらしいとは言えない。まあ、それも贅沢《ぜいたく》だと言われたら、そうなのかもしれないが、今一つ何かが足りないような気がするのだ。

がつがつと出世するタイプではなかった。だけど、出世の鬼のような男性が好みかと言うと、全くそんなことはなかった。家庭を顧《かえり》みない程仕事をするような男性がいいとは思えない。

お金は大事よ、と実家の母はよく言った。若い頃は仕事一途よりも家族思いの方がいいと思うでしょ。でも、実際生活してみると、お金があるのとないのとじゃ大違いなの。お金がないと住む部屋だって貧相なものになるし、食費だってケチらなくっちゃならないし、着る服だって、どうしたって貧乏くさいものになっちゃう。毎朝、服を着る度に、ああうちは貧乏なんだって、実感しなくちゃならないのって辛いことよ。愛があれば、お金なんかどうでもいいって思うかもしれないけど、それは新婚のうちだけ。三年もしたら、うきうきした気分なんか、どこかにいってしまうの。そうしたら、何が残るって、それはお金よ。給料をきっちり家に入れてくれて、それで残業や休日出勤で家にいないのなんて、ほんと理想的じゃない。あんたはそういう男を見付けなさい。

父は母の理想の男性ではなかったのかもしれない。休日出勤などしたことがなかったし、残業もたまにしかしない。いつも家にいて、亜矢子たちきょうだいと冗談を言い合って、げらげらと笑っていた記憶しかない。

そんな父を母はいつも不機嫌そうに見詰めていた。

うちって、そんなに貧乏だったんだろうか？

亜矢子は記憶を辿る。

実家は三ＤＫの団地暮らしだった。古い街並みの中にぽつんと建った団地だったので、周囲には一戸建てばかりだった。そのことを母は気にしているようで、住所録などには番地までしか書かず、常に団地名は省略した。父がこれでは郵便物が届かないかもしれないと文句を言ったが、母はがんとして聞き入れなかった。郵便ならちゃんと届いているから問題ないと言うのだ。

だが、今になってよく考えてみると、届けられなかった郵便は差出人に戻っているはずなので、すべての郵便が届いていたかどうかは定かではないのだ。何通か届いたからといって、すべての郵便が届いている保証にはならない。

そう言えば、母は工場勤めだった父の作業着を決してベランダには干さず、常に部屋干しにしていた。

母は貧乏を心底嫌っていたようだ。貧乏そのものというよりは、貧乏に見られることを嫌っていたのかもしれないが。

亜矢子は恋人の顔を見続けていた。

この人はたぶんお母さんの理想の人ではないだろう。きっと、不器用で出世意欲もない。でも、それはあくまでお母さんの理想であって、わたしの理想じゃない。わたしの理想って何なんだろう?

「今、言い掛けたこと何?」恋人が繰り返し尋ねてきた。

そうだった。言わなくっちゃいけないんだ。

「あの……」亜矢子は言い掛けて、また口籠《ごも》る。

「うん……」

彼の真剣で、そしてどこか抜けた顔を見ていると、言い出しにくい。

「わたし、今日、体調が悪くって、映画とかあなたとの話とかに集中できないんだ」

今回はやめておこう。また、次のときに話せばいい。

それが意味のない引き延ばしであることは自分でもわかっていた。

そもそも、次っていつ？　そのときと今日と何が違うって言うの？

「じゃあ、今日はもうご飯行かずに帰る？」彼は寂しそうな顔をした。

食事には行くつもりだった。でも、体調不良と言ってしまった手前、食事に行くのは辻《つじ》褄《つま》が合わないような気がする。

どうしよう？

多少、辻褄が合わなくても、彼は気にしないように思われた。今まで、亜矢子の話を疑う様なそぶりを見せたことは一度もない。

お腹も空いていることだし、食べて帰ろうか。家に帰っても何も食べるものがないから、結局コンビニで何か買わなくちゃいけなくなるし。

「ううん。食事はとれると思うわ。具合が悪いのはお腹じゃないし」

自分でも相当無茶苦茶な言い訳のように思えた。

「そうか。じゃあ、食事に行こうか」彼は微笑んだ。

ああ。やっぱりこの人は人を疑うということを知らないんだ。

二人は喫茶店を出て、近くのファミレスに入った。

「ビールは注文する？」

「あなただけ、飲んで。わたしはやめておくわ」

「へえ。酒豪《しゅごう》なのに珍しいね」

「酒豪だなんて言わないで。店の人や他のお客さんに変に思われるから」

「でも、酒豪じゃないか」

「あなたが弱いだけよ。中瓶一本で真っ赤になるんだから」

「君こそ、大瓶三本飲んでも平気な顔してるんだからびっくりだよ」

「いや。ワインや日本酒じゃなくて、ビールなんだから、そんなにびっくりすることはないわよ」

彼は煙草は吸わないし、ギャンブルもしない。酒はデートのときにビールを一杯飲むぐらい。趣味は読書と映画観賞とよくわからないごちゃごちゃしたものを集めることぐらい。人畜無害だ。全く危険な香りはしない。

亜矢子はパスタセットを、彼はカレーハンバーグディッシュを頼んだ。

食事をとりながら、やはり今切り出すべきかと悩んだ。

どうしよう？　今、話してしまえば、気が楽になるかも。

彼はぱくぱくと一心不乱にハンバーグを食べている。

何か食事中にする話じゃないような気がする。でも、食事中が駄目だとしたら、いつ話すの？　一緒に外を歩いているとき？　駄目駄目。誰に聞かれるかわからないわ。話がおかしな流れになったら、大声で言い合いになってしまうかもしれない。じゃあ、買い物をしているとき？　もちろん駄目だわ。店員に恥ずかしい話を聞かれてしまう。映画を見ているときも駄目。囁《ささや》き声ではできない話題だから、他の人の迷惑になってしまう。二人きりのときでないと。二人だけになるときと言うと、彼かわたしの部屋で……。

「それだけは絶対に駄目！」

「えっ？　何が？」彼の手は口にハンバーグを運ぶ途中で止まっていた。眼を丸くしている。

思いの外、大きな声を出してしまったらしい。

「いえ。その。……日本酒がぶ飲みはやっぱり自分でも駄目じゃないかって……」

「飲むことあるんだ」

「ないわよ」

「でも、今がぶ飲みしたら駄目だったって」

「がぶ飲みしたなんて言ってないわよ。もしがぶ飲みしたら駄目だろうってことよ」

「なんで今そんなことを？」

「それはその将来のために頭の中でシミュレーションしたのよ」

またまめちゃくちゃな言い訳をしてしまった。

「ふうん」彼は納得したようだった。

とても素直な性格だ。だけど、それがまた不安になることもある。きっと、彼は簡単に他人に利用されてしまうだろう。

今日、亜矢子は相当挙動《きょどう》不審《ふしん》なはずだったが、彼の方は特段何も気付かなかったようだった。そのまま食事は終わった。

「今日、君の部屋に行ってもいいかな？」道を歩きながら、彼が言った。

「今日は駄目な日なの」

「えっ？　じゃあ、一緒にゲームでもしようか？」

「そういうことじゃなくて」

今が言い出すチャンスかもしれない。

「じゃあ、どういうこと？」

「だから、体調が悪いって言ったじゃないの」

言えなかった。そして、ぱくぱくとパスタを平らげた後で、体調が悪いと言うのも、とってつけたようだな、と自分でも思った。

「そうか。そう言ってたね」彼は納得したようだった。

本当にこの男の素直さが怖くなる。

「じゃ」亜矢子は逃げるように彼の前から去った。

とうとう見せられなかった。

家に帰ると、亜矢子はバッグの中から例のものを取り出した。

妊娠検査薬のスティックだ。はっきりと陽性のラインが出ている。

このラインを見て、単純に喜ぶ女性と複雑な心境になる女性と絶望的な気分になる女性とどれが一番多いんだろう。

わたしの場合はどれに近いんだろう？　複雑と絶望の間ぐらいかな。

彼のことが嫌いではなかった。ただ、結婚するなどということは今まで全く考えてこなかったし、彼と相談したこともなかった。おそらく彼の方もそんなことは考えていないだろう。そういう先のことを考えるタイプの人間ではないのだ。

いきなり、わたし妊娠したの、と言ったときの反応が全く想像できなかった。喜んでくれるかもしれないが、それよりも狼狽《うろた》えたり、怒り出したりするのではないかとそれが不安だったのだ。

亜矢子はもう一度赤いラインを見詰めた。

とるべき道は四つある。

一つ目は産まないという選択。

二つ目は結婚して二人で育てるという選択。

三つ目は結婚せずに亜矢子と彼の二人で育てるという選択。

四つ目は結婚せずに亜矢子一人で育てるという選択。

亜矢子にすると、二つ目の選択が最も望ましく思えた。授《さず》かった命を捨てるようなことはしたくないし、一人で育てるのが苦労だということは容易に推測できる。二人で育てるのならあえて結婚しない道を選ぶようなポリシーは持っていない。

でも、どの選択をするかは亜矢子だけの意思では決められない。特に二つ目、三つ目の選択をする場合は彼の同意が絶対に必要だ。いや。一つ目や四つ目の選択だって、亜矢子が勝手に決めていい訳はない。この子は彼の命も受け継いでいるのだ。

亜矢子は下腹に手を当てた。

全く実感はない。だけど、確かにここにいるのだ。簡易検査の後、すでに産婦人科でも確認している。このまま放っておく訳にはいかない。わたしには責任がある。この子とわたしと彼の人生が懸かっているのだ。そのためには、まず彼に打ち明けて相談しなければならない。

だけど、その踏ん切りがなかなか付かないのだ。

彼は温厚で、素直な性格に思える。だけど、妊娠したことを伝えたら、どんな反応があるだろう。もし、子供ができたことを喜ばずに迷惑そうにされたら、わたしはどうすればいいんだろうか。

その場合は、産まない決心をするか、一人で育てる決心をするか。どちらも、ずしりと堪《こた》える選択だ。苦労はしたくないが、命を捨てるのは嫌だ。それに、もし彼が嫌がったとしたら、それはわたしの男を見る目がなかったということになってしまう。そんな屈辱的な目に遭うのは御免だ。

亜矢子は溜め息を吐いた。

ずっと堂々巡りだ。どうしてわたしだけがこんなに悩まなければならないのかしら？原因はわかっている。彼に打ち明けないからだ。でも、彼に打ち明けたら、もっと辛いことが待っているかもしれない。

やっぱり全部なかったことにしてしまうのが一番いいのかもしれない。彼には何も伝えずに一人でこっそりと中絶して、そのことを完全に忘れてしまえばいい。そんなことはなかったのだと自分自身に言い聞かせ続けたら、そのうち本当に忘れてしまうのじゃないかしら？

亜矢子の心はそちらに動きつつあった。この子は可哀そうだけれど、胎児のうちに死んでしまうことはそんなに珍しいことではない。きっと脳も心も未発達だから、そんなに苦しくはないのかもしれない。心があったとしても、きっと昆虫か植物みたいなものなんじゃないかしら。だいたいわたしは生きるために、いろいろな生き物を殺しているじゃない。そんな生き物の犠牲を一つ増やすだけに過ぎないんだわ。

だが、そんなことは単に決め付けに過ぎないこともわかっていた。この子に心がないなんて誰にも断言できない。そして、人間の命が特別なのもわかっていた。なにしろ、自分たちは人間なのだから。

いっそのこと、流産してくれたら楽なのに、と思った。飛び跳ねたり、深酒したりすれば流産するのだろうか？　だけど、流産せずに、悪い影響を受けて生まれてきたりしたら、わたしはその子に取り返しの付かない仕打ちをしたことになってしまう。

どうしようもない息苦しさを少しでも誤魔化《ごまか》そうと、亜矢子は帰りにコンビニで買ってきた占いの本でも読もうと手に取った。

不誠実な男を呪い殺す方法
恋敵を発狂させる方法
悪魔を呼び出し、契約する方法

目次を見た瞬間、ぞくりとした。

星占いか血液型占いの本だと思って手に取ったのだが、どうやら違っていたようだった。よく見ると、買ったときは可愛らしいイラストの表紙だと思っていたが、それは表紙の汚れなのか、黴《かび》なのか、そういうデザインなのかわからない模様が店内の照明の加減でそう見えただけらしい。紙質自体が相当酷く、指で強く摑《つか》むとぱさぱさと崩れていくようだった。

本当にこんな本、コンビニで売ってたのかしら？

奥付《おくづけ》を探したが、それらしきものはなく、出版社もわからなかった。バーコードすら付いていない。

だったら、どうして買えたのかしら？

他の本と一緒に買ったつもりだったけど、店員はわたしが自分が持ってきた本を間違えてレジに置いたと思ったのかもしれない。だから、気を利かせて、そのままレジ袋に入れたのだろう。となると、誰かが故意か間違えたかして、コンビニの棚にこの本を置いたとしか思えない。

だとしたら、本来、わたしのものじゃない気もするけど、別にわざと盗んだ訳じゃないから、まあいいか。コンビニだって、こんなものを返されたって、困るだけだろうし。

亜矢子はベッドに寝転がって、ぱらぱらと本を捲《めく》った。

紙の粉が飛び散った。

あるページでこんな文が目に飛び込んできて、ページを捲る手が止まった。

悩み事を闇の住人に相談する方法

何これ？

とりあえず解説を読んでみる。

家族や友人にも相談できないことを異世界の住人に問う方法。占いのように曖昧《あいまい》な文言《もんごん》ではなく、具体的かつ的確な答えが得られる。

読んですぐ眉唾《まゆつば》だな、と思った。そんなうまい話がある訳がない。

でも……。

ものは考えようだ。たとえ、ここに書かれていることが全くのいんちきだったとしても、別に何の損もない。もし本当だったら、儲《もう》けものだ。とりあえず試してみてもいいんじゃないかと思い直した。

やり方は拍子抜けするほど簡単だった。まず二枚の鏡を用意する。そして合わせ鏡をする。合わせ鏡というのは二枚の鏡を向い合せにすることだ。そうすると、鏡の中に鏡が映り、その鏡の中にまた鏡が映るというように、無限に空間が広がっているように見える。そのときにある呪文を唱えると、十三番目に映っている鏡に闇の住人が現れるとのことだった。

結構、簡単にできそうだ。

亜矢子はまず鏡を探した。一枚は化粧用のコンパクトについているものを使うことにした。もう一枚はなかなか見付からなかったが、あちこち探すと、母親から貰った手鏡が見付かった。

コンパクトをテーブルの上に置き、手鏡を近付けながら、角度と距離を調整する。時折、ぱっと鏡の奥に通路が形成されるように見える瞬間があるが、手が微妙に動いてしまうため、その状態はあまり長続きしない。だが、亜矢子はもはや熱中しはじめていたので、徹夜覚悟で微調整を続けたところ、一、二時間ほどで、短期間で通路を形成し、それを維持することができるようになった。

よし。次は呪文ね。

亜矢子はもう一度該当ページを読んだ。その呪文は見たこともない。曲がりくねった蛇のような文字で書かれていたが、そのすぐ横にアルファベットに直したものが書かれていて、どうやらそっちの方を読めばいいらしい。ただし、それは英語ではないらしく特殊な綴《つづ》りの単語が並んでいて、どう発音していいか見当も付かなかった。

ネットで確認してみたが、何語かすらわからない。仕方がないので、読み方は綴りから推定して無理やり読むことにした。

「おうぐとふろうど　えいあいふ

ぎーぶるー――いーいーふ

ようぐそうとほうとふ

んげいふんぐ　えいあいゆ

ずふろう」

本がぐにゃりと動いたような気がした。

亜矢子は小さな悲鳴を上げた。

だが、鏡の中の通路はまだ壊れていない。心なしか明るく輝き出したようにも見える。

彼女はおそるおそる鏡の中を覗き込んだ。

不思議なことに部屋の中の明るさはずっと同じなのに、合わせ鏡の中の空間は明るくなったり、暗くなったりを繰り返していた。

亜矢子は十三番目の鏡を探すために一つずつ数えはじめた。どうしても手がぐらぐらと動いてしまうので、鏡の中の鏡も動いてしまい、なかなか数え終わらなかったが、ついに十三番目に到達した。

最初は何が映っているのかよくわからなかった。十二番目も十四番目も明るいのに、なぜか十三番目の鏡の中だけが暗かったのだ。

それで、じっと目を凝《こ》らして見ていると、どうやらそれは人の形をしているような気がしてきた。体育座りのような体勢でずっと下を見ている。だが、よく見ているとときどきもじもじと身体を動かしているようにも見えた。

これが闇の住人？

おどろおどろしい魔王的なものを想像していたので、ちょっと拍子抜けしてしまった。なんだかただの落ち込んでいる人に見える。

これって、向こうの様子が一方的にこっちに見えているだけなのかしら？　それとも、向こうからも見ようとすれば見えるの？

「ねえ。わたしの声、聞こえる？」亜矢子は呼び掛けてみた。

反応はない。

「わ、た、し、の、声、聞、こ、え、ま、す、か⁉」少し大きめの声でゆっくりと言ってみた。

やはり反応はない。

さすがに真夜中なので、これ以上の大声を出すのは憚《はばか》られる。明日の昼間にもう一度試そうかとも思ったが、明日もうまくこの現象が再現できるという保証はない。

亜矢子は闇の住人に向かって手を振ってみた。

だが、闇の住人はこっちを見ていない。こっちの声が聞こえず、見てもくれないのなら、絶対に気付かれることはないのではないかと、がっくりする。

しかし、闇の住人と接触できる機会など金輪際《こんりんざい》あり得ないかもしれない。

亜矢子は辛抱強く手を振り続けた。

闇の住人もずっとじっとしている訳ではなかった。時々は身じろぎをしたし、下以外の方角をぼうっと見つめることもあった。亜矢子がいる方向をちらりと見たこともあったが、視界に入らなかったようで、そのまままた俯いた。

そんなことを何時間もしているうちに、ふと闇の住人と亜矢子の目があった。

暗いのでよく見えなかったが、向こうも亜矢子の存在に気付いて驚いているようで、じっとこちらを見続けている。

「こんにちは、闇の住人さん」亜矢子は呼び掛けた。

闇の住人は首を傾《かし》げて、そして耳に手を当てた。

「わたしの声が聞こえますか？」亜矢子はもう一度尋ねる。

闇の住人は両耳に手を当てた。

どうやらわたしが喋り掛けているのはわかっているようだが、声は聞こえないらしい。光は真空の中でも伝わるけど、空気は音がないと伝わらない。合わせ鏡の世界とこの世界の間には真空のようなものがあるのかもしれない。

亜矢子は手を振ってみた。

相手も手を振りかえしてきた。

ジェスチャーならできるんだ。

亜矢子はジェスチャーを繰り返し、あなたは誰かと尋ね続けたが、なかなかうまくコミュニケーションが取れなかった。

こんなことなら手話《しゅわ》を覚えておくんだったわ。あっ。でも、相手が手話を知らなかったら意味ないか。

姿は見えるけど、声が届かない人のコミュニケーションをするにはどうすればいいかと考えて、すぐに筆談を思い付いた。

ああ。なんで最初に思いつかなかったのかしら？

亜矢子はノートを探してきて、それに文字を書いた。

「この文章がわかりますか？」

念の為、日本語と英語で書いてみた。

闇の住人はしばらくぽかんとして見ていたが、やがて大きく頷《うなず》いた。

よかった。文章なら通じるみたいだわ。

「日本語は読めますか？」亜矢子はノートに書いた。

英語での筆談もできないことはないが、できれば日本語でやりとりしたい。

闇の住人は頷いた。

これでかなり楽になるわ。

「わたしは羽田亜矢子といいます。あなたは誰ですか？」ノートに書く。

闇の住人は身振り手振りで何かを伝えようとした。

「そちらには何か書くものがないんですか？」

さらに身振りが続く。

どうやら、向こうには筆記具がないらしい。全く手に入らないのか、ただ今手元にないだけなのかわからないが、手元にないなら同じことだ。

相手は一生懸命何かを伝えようとしているが、亜矢子には全く理解できなかった。

せっかく相談しようと思ったのに、会話が一方通行じゃあ、全くお手上げだわ。

でも、まあイエス、ノーの意思表示はできるから、コミュニケーションができないことはないわね。でも、相手が聞いて欲しいことをわたしが尋ねない限り、向こうの考えは全くわからない。これだと、結局行き当たりばったりになって、占いやおみくじと変わらないじゃない。思い付く限りたくさんの文章をわたしが書いて、そこから選んで貰う？　それは無理だわ、考えられるすべての会話パターンを予《あらかじ》め書いておくことなんかできる訳がない。……

ちょっと待って。別に文章じゃなくてもいいんじゃない？

亜矢子はノートに五十音表を書いた。そして、順番に指示していった。

ある文字のところで、相手が頷いた。これがいいわ。これだと、文章を作ることができるわ。

　このこっくりさんのような方法で、初めて相手の言葉を知ることができた。向こうが最初に伝えてきた文章は以下のようなものだった。

なかなかいいはつそうたかこれたとしかんかかかりすきる

なかなかいい発想だが、これだと時間が掛かり過ぎる、ということらしい。

確かにそうね。これだけで十分ぐらい掛かっているし。

「他に何かいいアイデアがある？」

もしことにみふりのさいんをきめようつまりふたりたけのしゆわのようなものた

文字ごとに身振りのサインを決めよう。つまり、二人だけの手話のようなものだ。

それも結構面倒そうな気がしたが、こっくりさんよりはましな気がしたので、文字とサインを決めることにした。もちろん漢字は多過ぎるので、かな文字だけにしようとしたが、それでも多過ぎるので、結局アルファベットのサインを決めてローマ字で伝えて貰うことにした。

最初は二人ともサインが覚えられなくて、手間が掛かったが、そのうちタイピングと同じぐらいの速度で文字を送れるようになってきた。

闇の住人の話によると彼は若い男性で、今河童の国にいるらしい。とても信じられないような話だが、それを言うなら合わせ鏡の中の人物と会話していることだって、信じ難いことだ。

「じゃあ、あなたも河童なの？」

〈僕は河童じゃありません。人間です〉

「人間がどうして河童の国にいるの？」

〈話せば長い話になりますが、いいですか？〉

どうしよう？　彼を呼び出したのは、そもそも自分の身の上相談のためだ。長い話を聞いている余裕があるのかしら？　でも、考えてみると、相手の境遇も知らずに相談相手になって貰うのは何だか不安な気もする。

「いいわ。いったい何があったの？」

〈僕が山歩きをしていたときに、霧に包まれてしまったんです〉

「天気の悪いときに山登りなんてしてはいけないわ」

〈まあそうなんですが、そのときは大丈夫だと思ったんですよ。そんなときに河童を見付

けたんです〉

「唐突な話ね。そこは河童伝説とかがある土地柄なの？」

〈さあ、わからないですね。単に僕が知らないだけかもしれませんが〉

「それからどうなったの？」

〈僕は河童を追いかけました〉

「なぜそんなことを？」

〈捕まえようと思ったんです〉

「だから、なんでまた河童を捕まえようなんて無茶なことを思い付いたの？」

〈今から考えると不思議ですが、そのときは捕まえないといけないと思ったのです〉

「それで、反対に河童に捕まって、連れていかれたの？」

〈そういう訳ではないんです。河童を追いかけていくうちに笹の中に開いた穴に落ちてしまったんです〉

「河童も穴の中に飛び込んだの？」

〈もちろんそうです〉

「なんだか『不思議の国のアリス』みたいな話ね」

〈そう言われれば、そうですね。ただし、落ちた先はそんなに不思議でもなかったのです

が〉

「河童の国だったら、充分不思議じゃないの」

〈そういう見方もできますが、別に身体の大きさが変わったり、猫が空中へ消えたり、獣や草花が喋ったりする訳ではありませんから〉

「河童は喋るんでしょ？」

〈ええ。でも、河童は獣ではありませんし〉

「どうして？　蛙《かえる》みたいなものじゃない」

〈河童たちにはそんなことは絶対に言わないと約束してください。それは最大の悪口になりますから、蛙だと言われただけで彼らの中には死んでしまうものもいるぐらいなんですよ〉

「約束するのは構わないわ。たぶん、この先、河童に遇《あ》うことなんてないと思うから」

〈そんなことはわかりませんよ。僕だってまさか河童の国に行くなんて思いもしませんでしたから〉

「でも、河童の国なんて、どうせ水木しげるとか小島功《こじまこお》とかの作品に出てくるような暢気《のんき》な世界なんでしょ？」

〈そのお二人の作品はよくわからないのですが、河童の国は全然暢気な世界なんかじゃな

いですよ〉

「河童なのに？」

〈何か勘違いされているようですが、彼ら自身は自分たちは人間より進化していると思っているんですよ〉

「そう思うのは自由だけど、しょせんは両生類なんでしょ？」

〈哺乳《ほにゅう》類が両生類より進化しているというのもそもそも誤解なんですよ。魚類から両生類が分化し、両生類から爬虫《はちゅう》類が分化し、爬虫類から哺乳類や鳥類が分化したというだけで、その時点で魚類や両生類や爬虫類の進化が止まった訳ではないんです。魚類や両生類や爬虫類もずっと進化を続けているのです。哺乳類は進化して人類となり、両生類は進化して河童となり、爬虫類は進化して竜となり、魚類は進化して半魚人になったのです〉

「えっ？　そうなの？」

〈後半分は僕の推測ですが、まあそんなものでしょう〉

「推測なのね」

〈とにかく、河童の国はそんなに牧歌的な世界ではありませんでした。ちゃんと文明もあったし、自動車や列車も飛行機もあったし……〉

「それって、河童が独自に開発したの？」

〈詳しいことはわかりません〉

「河童にそんなことができるなんて信じられないわ。人間から技術を盗んだんじゃないの？」

〈それを言うなら、人間が河童から技術を盗んだのかもしれないじゃないですか〉

「そんなことあり得ないわ」

〈あり得ないって何がですか？　僕が河童の国に行ってしまったことですか？　それとも、こうして不思議な鏡で、あなたと僕が話をしていることですか？〉

「わかったわ。もういちいち突っ込まないから、もう少し河童の国のことを教えて」

〈河童たちは戦争もしていました〉

「河童同士で戦争していたの？」

〈まさか　獺《かわうそ》とですよ〉

「ちょっと待って。情報量が多過ぎてついていけないわ。獺って、現代の日本にいる？」

〈日本というか、獺の国ですよ〉

「でも、日本と地続きなのよね？」

〈そんなことを言うなら、河童の国が日本と地続きだということも知らなかったでしょ？〉

「そもそも獺と戦争って何よ。野生動物じゃない。戦争じゃなくて駆除《くじょ》とかそういうことじゃないの？」

〈それがこっちでは獺は河童と同じく知的生物なんですよ〉

「あなた見たことあるの？」

〈見たことはないですね。まだ戦争が終わってそんなに経ってないので、互いの交流もそんなにないのでしょう〉

「見たことがないのなら、頭のいい獺が本当にいるのかどうかなんてわからないじゃない」

〈でも、まあ河童たちがそう言いますから〉

「河童が言ったからって信じるの？」

〈あなただって、地球が丸いこととか太陽の周りを回っていることとか信じているでしょ？〉

「だって、それはとっくの昔に証明されているから」

〈あなた自身で証明したんですか？〉

「それは違うわ。いろいろな科学者たちが観測してわかったのよ。ピュタゴラスとか、コペルニクスとか」

〈つまり、受け売りな訳ですね〉

「何も考えずに受け売りをしている訳じゃないわ。ちゃんと中身を理解しているの」

〈だったら、わたしも同じです。河童たちの言葉をただ鵜呑《うの》みにしている訳じゃなくて、ちゃんと吟味した上で了解しているのです〉

「まあ、いいわ。そんな細かい議論をしていても埒《らち》が明かないから。そんなことよりわたしの……」

〈そうそう。河童の国では人工知能の進歩も著《いちじる》しかったんですよ〉

「河童が人工知能を開発したってこと？」

〈正確に言うなら、完全に人工ではないので、半人工知能とでも呼ぶべきものかもしれないですが〉

「ますます意味がわからないわ」

〈例えば、本を作るとき、彼らは紙とインクと灰色の粉を機械に投入するんです。すると、どんどん本が出来上がってきます〉

「紙とインクはわかるけど、灰色の粉って何？」

〈乾燥させた驢馬《ろば》の脳髄《のうずい》です〉

「それは冗談なの？」

〈僕は冗談なんか言いませんよ。あいにくユーモアのセンスに欠陥があるもので〉

「なんで驢馬の脳髄を入れると本ができたりするのよ？」

〈僕も詳しいことはよくわかりませんが、哺乳動物の脳細胞はあまり差がないんじゃないかと思います。乾燥させていてもある種の刺激を与えれば、それなりに機能するんじゃないかと。あとはそれを機械の力で有機的に接続すれば、人間や河童の脳の代替物《だいたいぶつ》になるのだと思います。いや。むしろサイズに制限がないので、人間の脳なんかより遥かに優秀なものになるのでしょう〉

「そんな凄いものを、本を作るのにしか使わないの？」

〈もちろん、いろんな用途に使います。主に用途は工業製品の大量生産ですね。河童の国では次々と新たな製造装置が発明されていて、どんどん工場が無人化されているのです〉

「河童の国ではAI失業は問題になっていないの？」

〈何ですか、それは？〉

「無人で製品が作ることができるのなら、労働者はいらなくなるんじゃないの？」

〈もちろんですよ〉

「失業河童が大量に発生するでしょ？」

〈当然ですね〉

「労働争議とか起きてるでしょ」

〈それは大丈夫なんですよ。法律がありますから〉

「労働者保護の法律があるんだ」

〈職工処分法というんですがね〉

「何、それ？」

〈失業した河童は食料にするんです。失業問題と食糧問題を同時に解決できるんで、高く評価されている法律です〉

「人食いをするの？」

〈人じゃないです。河童食いですね〉

「そんなこと許されるの？」

〈われわれ人間だって、食用蛙を食べたりしますから〉

「いや。わたしたちは人間だけど、河童が河童を食べるってことよね」

〈そうなんですよ〉

「河童なんて食べて平気なの？」

〈最初はちょっと抵抗ありましたけどね。食べてみたら、鶏肉と似た感じでしたよ〉

「いや。あなたのことじゃなくて、河童たちのことよ」

〈ああ。河童のことですか〉

「河童は河童を食べて平気なの？」

〈僕もそこが不思議だったんで訊いてみたことがあるんですよ。そしたら、失業者は放っておけば、どうせ餓死したり自殺したりしなければならないんだから、食肉にしてその手間を軽くしてやるのは理に適《かな》っていると言うんですよ。それはあまりに残酷だと言うと、げらげら笑うんですよ。とんだ感傷主義だって〉

「でも、河童を食べるなんて……さっき、あなたも食べたって言った？」

〈最初は嫌だったんですけどね。とても美味《おい》しいからって勧められて〉

「勧められても食べる気にならないでしょ」

〈でも、彼らはとっても旨《うま》そうにむしゃむしゃ食べるんですよ〉

「河童ってわからない形になってるのよね」

〈そういう場合もありますけど、はっきり形のわかるものもありますね。河童の手って骨格は人間そっくりなんですけど、水搔《みずか》きが付いていて結構食べられるところが多いんです。あっ、水搔きって、ただの皮だと思ってるでしょ？　あれって、厚みがあって、食べごたえがあるんです。それから、皿や嘴《くちばし》も食べられるんですよ。生のときはある程度固いんですが、数時間煮込むと外の薄皮が溶けだして、中からコラーゲンのようなものが染みだしてくるんです。頭はそのままの形で丸煮にすることが殆どですから、こう両手で河童の首を支えて、ちょうど接吻《せっぷん》するような感じで、河童の口を嚙むんです。すると、じゅわっとコラーゲンのスープが染みだしてきて、それから二、三口食べると、不思議なことにぽとりと嘴が落ちるんですよ。河童の嘴には鼻の穴とかも付いてますから、嘴がとれると、鼻腔《びくう》と口腔《こうくう》が両方剝き出しになる訳です。そのまま、鼻腔の中に金属製のストローを突き立てて、ちゅうちゅうと脳味噌を吸ってもいいんですが、それよりもいったん首を皿において、先に皿の方――ややこしいですが、これは料理皿ではなく河童の頭の皿の方のことです――を取り外すのが食べやすいんです。茶色く変色した皿のどまんなかにフォークを突き立て、そして皿の周囲にナイフを入れます。そうすると、皿がぽろりとはずれるんです。奇妙なことに河童の頭蓋骨《ずがいこつ》には皿がぴったり嵌《はま》る穴が開いてるんです。だから、皿さえはずせば、脳髄が剝き出しになります。プリンみたいな感じですが、煮込んであるので色は茶色くて、ずっと柔らかいですね。口に含むと、顎《あご》も舌も動かさないのに、そのままつるんと舌の上でほどけて溶けていく感じですね。脳を取り出してしまうと、皿も嘴もないので、首はちょっと貧相な感じになってしまいます。眼は煮込んでいる最中に破裂してしまうことが多いんですが、そうはならずに膨らみきっているときもあります。瞼《まぶた》が閉じずに、飛び出している感じですね。そういうのを好んで食べる河童もいます。ただ、箸

で穿《ほじ》るんですが、うまく刳《く》りぬかないと、熱い汁が飛び出したりして、火傷《やけど》したりするので、要注意です〉

「ええと。河童の頭の丸煮の話はもういいかな」亜矢子は吐き気を押さえた。「そうじゃなくて……」

〈そうですか。では、もっと特別な料理の話をしましょう。これは物凄く難しい料理だということです。まず、できるだけ活きのいい河童を用意します。基本的に食用河童はガスで〆《しめ》るそうですが、この場合は殺さずに数人がかりで、俎板《まないた》兼料理皿の上に押さえつけます。この俎板というのが、立派な材木なのですが、豪勢なことに一回ごとの使い切りなのです。なぜ、使い切りなのかと言いますと、料理のたびに五寸釘を打ち付けてしまうからです。穴が開くと見栄えが悪いので、一回きりという訳です。で、どこに五寸釘を打つかといいますと、まずは掌《てのひら》です。あまり指に近いところだと、そのまま肉を引き裂いて、抜けてしまうことがあるので、できるだけ、手首に近いところを狙います。ただ、あまり手首に近いと手元が狂って、動脈を傷付けてしまうので注意が必要です。なにしろ動脈を切ってしまうと、いっきに出血するので、料理が汚くなってしまいますし、せっかく活きがよくてもすぐに息も絶え絶えになってしまいますから、料理としての価値が下がってしまうのです。客は高い料金を支払っているのだから、そんな料理を出した日には怒って帰ってしまうかもしれませんし、店の評判も下がってしまいます。だから、そういう失敗をしたときは思い切って只同然の値段で提供するか、もしくは勿体ないですが、そのまま処分してしまうしかないですね。処分と言っても、そのまま解体して、また肉として売る訳ですから、全くの無駄という訳ではありません。うまく手が固定できたら、次は足です。これは甲の方から打ち付ける訳ですが、間違っても無精《ぶしょう》をして二本の足を一本の釘で止めようなんてことを考えてはいけません。人間と同じで河童も脚の力は手の何倍もあるからです。両脚の力を込めれば、五寸釘なんか簡単に抜けてしまいます。調理中に抜けてしまうと、暴れまわって、もう地獄の景色のような大変なことになりますから、ここは面倒でも一本ずつ丁寧に打ち付ける訳です。それから念の為、膝も打ち付けます。さっきも言ったように脚の力は強力ですから。膝は皿の辺りを——さっきから皿ばっかり出てきてややこしいですが、この皿はいわゆる膝の皿、つまり、膝蓋骨《しつがいこつ》のことでこれを砕いてしまえばまあよほどのことがない限り、足をまともに動かすことはできなくなります。ここまで来ると、一安心です。次は喉を切り開くのですが、ここは高い技術が必要になります。なぜ、喉を開くかと言うと、あまりに喧《やかま》しくて落ち着いて料理をすることができないからです。『痛い』だの『早く殺せ』だの『おまえを呪ってやる』だのと叫んでいるのを聞くのは確かに不快なことですからね。だから、喉を切り開いて、声帯をちょいと傷付けて、声を出せなくする訳です。ただし、このとき、気管や動脈を大きく傷付けないように気を付けなければなりません。食材の声が出なくなると、板前はかなり精神を集中して料理を続けることができるようになります。次は腕や脚の筋を切断します。釘で刺し貫いているにしても、この時点で食材は歯を食い縛って、腕や脚に全力を込めていますから、ちょっとしたことで抜けてしまう危険があります。こんなときの河童はとんでもない馬鹿力を出しますから、板前には身の危険すらありますし、最悪客に危害が及ぶかもしれません。だから、筋を切ってしまう訳です。これで暴れる心配は完全になくなります。その次は顎を切除します。河童の嘴と歯は結構強力なので、油断をしていると指を食い千切られたりしますから、これも安全のためですね。ここまでくると、後の作業は安全になりますが、その代わり繊細な技術も必要になります。まずは首の骨の後ろ辺りに慎重に包丁を差し込みます。これで痛覚神経が鈍感になります。鈍感になると言っても、全く痛みを感じなくなる訳ではありませんが、痛みのために気を失う様なことはなくなります。気を失ってしまっては活き造りの意味がありませんからね。次に皮膚を綺麗に剝きとります。包丁の入れ方によっては出血の仕方がだいぶ違いますが、名人なら数滴の血が出る程度です。そして、次は脂肪を取り出します。これは俎板の周囲に本体を取り囲むように並べることもありますし、捨ててしまうこともあります。この辺りのことは予め客の好みを聞いておくことが多いそうです。脂肪の後は筋肉ですが、これはできるだけ大きな血管を切らずに、切り取ります。そして、後で盛り付けるために端に置いておきます。このとき忘れずに舌も切り取っておきます。この状態で、骨と内臓が剝き出しになっています。骨は包丁ではどうしようもないので、電動鋸《のこぎり》で切断して捨ててしまうか、スープの出汁《だし》にします。食通の中には内臓を好む人もいますが、相当に臭いので、たいていは取り去ってしまいます。胃腸や腎臓や膀胱《ぼうこう》や肝臓や胆嚢《たんのう》や膵臓《すいぞう》はなくても即死はしないので、取り除きます。特に胃を残しておくと、客の食事中に食材が戻してしまったりして興ざめですから、丁寧に取り除いて、食道の末端で血止めしておきます。もちろん、肺や心臓は傷付けないように気を付けます。あと、神経もなるべく傷付けないようにします。神経が生きていると、わざと少し残した筋肉がぴくぴくと動くのを見ることができますし、独特な表情を見る醍醐味《だいごみ》を楽しむ客もいるからです。あと眼は大事ですね。食材と見つめ合って、食事をするのが楽しみな客もいますから。それらの処置が終ったら、いよいよ先程切り取った筋肉を適当な大きさに切って、内臓を取り除いたあとに並べるのです。もちろん、もうそれらの筋肉は動いたりはしませんが、胴体に僅かに残した筋肉のおかげで身体がぴくぴくと痙攣《けいれん》するので、それらの切り取った筋肉も揺れて見えるという趣向です。ところで、こんなに気を使って調理しているのに、もののわからない客などはいきなり、大きな血管や心臓そのものを突いて大出血させたり、肺に穴を開けて窒息させたりして、食材を死なせてしまうこともあるようで、初心者だなと思われる無粋《ぶすい》な客には給仕が丁寧に食べ方を説明します。河童一匹は結構な量ですからたいていは数匹から十数匹の客で分けて食べることになります。客たちは俎板の周りをぐるりと取り囲むように座ります。そして、箸を使ってそれぞれが食べたいと思う肉片をとる訳です。そのとき、食材に肉が見えるように見せ付けながら食べると、しゅうしゅうと音を立てます。本来、叫んだり怒鳴ったりするところですが、声帯に穴が開いているので、しゅうしゅうとなるのです。まあ、趣向を楽しむものですから、肉を全部食い尽くすということは滅多《めった》にありません。腹が膨れてくると、客たちは食材に、君の肉は旨いねえ、とか、おまえの肉は不味《まず》くてがっかりだよ、と言った感想を述べます。このとき、食材の眼は大抵痛みと怒りのために真っ赤に充血しています。あとの食べ方は好みによりますね。刺身包丁で顔の肉を少しずつ切り取って食べる客もいますし、目玉を箸で突き出す客もいます。鼻腔の奥を破って、脳味噌を少しずつ齧《かじ》り取る食べ方もありますね。大事なのはいきなり脳幹部を齧らないことです。すぐに息が止まってしまいますから。まずは大脳からいただくのが作法です。こうすれば、だんだんと理性を失っていく様子が楽しめます。最後は音もなくへらへらと笑い出したり、歌を歌う様な調子で息を吐き出すこともあるようです。慣れた客などは自分の嘴を食材の顔の穴の中に突っ込んで、ずるずると脳味噌を啜《すす》るものだから、まるで情熱的な口づけをしているように見えます。そもそも河童は裸体なので、こういうときは妙に艶《なまめ》かしい感じがいたします。おや、亜矢子さん、どうかされましたか？　具合が悪いようですね。活け造りの話が面白くないようでしたら、残酷焼きの……〉

亜矢子は鏡を倒した。

亜矢子はとうとう吐いてしまっていた。何度もやめるようにと身振りで頼んでいたのだが、彼は自分の話に酔ったのか気付かずにそのまま話し続けたのだ。ひょっとしたら、気付いていたけれど、わざと喋りつづけたのかもしれないが。

闇の住人の姿は消え失せた。そこにあるのは二枚の只の鏡でしかない。この世ならざるものが映っていたという痕跡はどこにもなかった。

結局大事なことは聞かず終《じま》いだった。

もう一度呼び出そうかどうか、亜矢子は迷った。これでは、いかにも中途半端だ。かと言って、あんな話を延々聞かされても堪《たま》らない。

窓から朝の光が差し込んできた。ちゅんちゅんと雀《すずめ》の声も聞こえ出した。

時計を見ると、あと一時間ほどで出勤時間だ。もう一度、闇の住人を呼び出している余裕はなさそうだった。

亜矢子はシャワーを浴び、食パンにジャムを塗っただけの朝食をとり、出掛けていった。

その夜は彼に会うこともなく帰宅した。

テーブルの上にはまだ二枚の鏡と例の本が転がっている。

あれって、本当にあったことなの？　悪阻《つわり》か何かの影響で悪夢を見ただけなんじゃないかしら？

確かめるのは簡単だ。もう一度合わせ鏡をして、呪文を唱えればいいのだ。何も起こらなかったら、あれは夢だったということになる。

でも、また現れたら……。

亜矢子はぶんぶんと首を振った。

馬鹿馬鹿しい。あんなことは本当にあった訳がないわ。わたしは悩み過ぎて幻覚を見たのよ。

でも、なんであんな幻覚を見たのかしら？

世の中はどんどんＡＩ化が進んでいて、人間の仕事はどんどん減っている。もしこのまま科学技術が進めば、人間の社会も河童の国のようになってしまうんじゃないかしら？

河童の国は未来の日本の姿なのかもしれない。人間は河童のように共食いはしないかもしれないけど、一部のＡＩ技術者以外はみんな馘《くび》になって路頭に迷うのかもしれない。いいえ、ＡＩ技術者だって、わからないわ。ＡＩがＡＩを開発する時代が来るかもしれない。そうなったら、人間はみんな不要になってしまう。そんな世の中にこの子を送り出すのは、正しいことなんだろうか？

亜矢子は腹を撫でた。

目覚ましが鳴った。

そうそうこんなことはしていられないわ。会社に行かなくっちゃ。

とりあえず出勤はしたが、仕事に身が入らなかった。なんとか定時まで乗り切ると、すぐに会社を出て、近所の会社で働いている大学時代の友達を電話で喫茶店に呼び出した。

「どうしたの、急に？」友人は喫茶店に入るなり、問い掛けてきた。ばりばりのキャリアウーマンらしく、スーツ姿がばっちり決まっている。黒縁の眼鏡はちょっとダサくなくもないが、逆に知性をアピールできているのかもしれない。

亜矢子自身は友人に何を尋ねていいのか、わからなくなっていた。今、頭の中は河童の国のことでいっぱいだったが、そのことを友人に尋ねても、精神がどうにかなってしまったと思われるだけだろう。そんなことを尋ねても仕方がない。問題なのは、河童の国の幻想を見ることになった原因だ。そう。妊娠について相談しなければ。

亜矢子は単刀直入に自分が妊娠していることを告げた。

友人はしばらく何も言わずにストローでジュースを飲み続けた。

「いや、何か言ってよ」亜矢子は痺れを切らして友人の発言を促した。

「何か言ってって言われても……」友人はまたジュースを飲んだ。

「そんな飲み方をしていたら、すぐになくなってしまうわよ」

「ふん」友人はストローから口を離してしばらく考えた。「わたしが何も言わないのは、どっちかなって思ったからよ」

「どっちって何よ？」

「おめでたいのか、おめでたくないのか。想定内なのか、想定外なのか、と言い換えてもいいけど」

「おめでたいのか、おめでたくないのかは、よくわからない。想定外なのは間違いないけど」

「相手は何て言ってるの？」

「何も」

「恋人が妊娠しているのに？　というか、赤ん坊の父親、あんたの恋人なんだよね？」

「それはそうよ」

「だったら、何か言うでしょ、普通」

「まだ言ってない」

「なんで言ってないの？　そいつの責任じゃない」

「そうなんだけど」

「まず言わないと何も始まらないよ」

「言わない方がいいんじゃないかと思うのよ」

「じゃあ、どうするの？」

「勝手に中絶するか、彼氏と別れて一人で子供を産む」

「いやいやいや。それ意味わからないから。どっちにしても、一人で損をする役回りじゃない。それに、まず彼の意思を確認しないと」

「そこなのよ。彼の意思を確認したくないというか……」

「ははあん」友人は訳知り顔で言った。「怖いんだ」

「怖い？　わたしが？」

「そう。彼の反応が怖いんでしょ？　堕《お》ろせ、と言われたり、別れる、と言われたりするのが」

確かに、それに近いかもしれない。だけど、それだけじゃないんだ。

それだけじゃない？　じゃあ、わたしは何を恐れてるんだろう？

「もし、そんなこと言われたら、うんと金をふんだくってやればいいんだって」

「金？」

「慰謝料よ。あと産むんだったら、養育費。そいつ金あるの？」

「人の彼氏をそいつ呼ばわり？」

「いや。今はあんたを捨てるという前提で話してるから」

彼がわたしを捨てる？　そんな未来はちょっと想像も付かない。彼はそんな人じゃない。

でも、それは単にわたしの願望なのかも。

「お金はたぶんそんなに持ってないと思う。勤めてるのは、そんなに大きな会社じゃないし、出世するタイプでもないし、派遣社員だし」

「だったら、どうして付き合ってるの？」

「どうしてって？」

「だって、お金ないんでしょ」

「条件としてはお金以外もいろいろあるでしょ」

「あるにはあるけど、お金は大事よ。お金があれば、欠点は欠点でなくなるの。でも、お金がないと、いろいろな欠点が全部欠点になるの」

「どういうこと？」

「付き合い始めたときは、相手が輝いて見えるから、欠点でさえ魅力的に見えるわよね」

「よくわからないけど、そんなものなの？」

「そんなものなの。でも、結婚して家族になると、輝きは失われるの。そうすると、欠点がはっきり見えてくる。そんな欠点を覆い隠してくれるのがお金なのよ。お金は世の中のたいていのことを解決してくれる」

「そんなことはないわ。お金があっても、齢はとるし、病気にもなる」

「確かに、齢をとるのを止めたりできないし、金があっても病気になるときはなるわ。でも、齢をとったとき、病気になったときにお金がないと、惨めなことになるの。お金があれば、豪華な老人ホームで暮らせるし、治療だって最新のものが受けられるし、たとえ治らなかったとしても、苦痛を最小限にできる。それ以前に大きなうちに住んで、好きな服を着て、美味しいものを食べて暮らせるのよ」

「それがそんなに大事なことなのかな？」

「大事よ。恋は幻想よ。一生夢見てなんかいられないわ」

「でも、お金のことだったら、わたしだって働くし」

「そういう問題じゃないの。亜矢子が働きたければ、働けばいいけど、相手の稼ぎは人生設計に関わってくるの。あんた一人の稼ぎで家を建てるのと、夫の稼ぎ込みで家を建てるのとじゃ、家の大きさも変わって来るでしょ」

なんだか、お母さんと話しているみたい。そうか。この違和感はお母さんに感じてたものなんだ。

友人と母親の思い描く幸せの形がよく似ていることに亜矢子は気付いた。自分の思う幸せはそれとは違うところにある。しかし、二人に対して、自分の方が正しいという確信は持てなかった。友人の言う通り、今は脳内で分泌《ぶんぴつ》される物質に騙されているだけかもしれない。もちろん、永遠の愛などというものを信じている訳ではなかったが。

でも、家族の結び付きが金だけとはとても思えない。

結局、友人と話していても、結論は得られないだろうということに気が付いた。

じゃあ、どうすればいいんだろ？

「あっ！」亜矢子は叫んだ。

「どうしたの、いきなり？」友人は目を白黒させた。

「用事を思い出しちゃった。わたしから呼び出しておいて悪いけど、帰らなくっちゃいけないわ。わたしの分のお金は置いていくわね」

「ちょっと、亜矢子、待ってよ。いったいどうしたのよ!?」

友人の呼び止める声を背中に受けながら、亜矢子は半ば走るようにして、店から出て家に向かった。
そうだった。わたしは闇の住人に相談するつもりだったんだ。彼はあまりに常識外れだったので、相談するのを諦めてしまったが、それが重要だったんだわ。彼は常識に囚われていない。だからこそ、本質に迫ることができる可能性がある。
家に戻ると、亜矢子はもう一度合わせ鏡の状態を作った。
「おうぐとふろうど　えいあいふ
ぎーぶるー――いーいーふ
ようぐそうとほうとふ
んげいふんぐ　えいあいゆ
ずふろう」
また、本がぐにゃりと動いた。
〈……話はどうでしょうか？　そっちの方はちょっとグロテスクに感じるかもしれませんが〉
「何の話って？」
〈残酷焼きです。グロテスクなのが平気なら、活き造りよりこっちの方が面白いかもしれません〉

「ええと、活け造りの方はグロテスクなのが駄目な人向けなの？」

〈ええ。亜矢子さんはグロテスクなのは駄目なタイプかと思いましたので〉

「わたし、グロテスクなのは駄目なタイプなの」

〈そうでしたか。安心しました。活け造りの方にしてよかった。じゃあ、別の料理の話をしましょう。踊り食いというのがありまして……〉

「料理の話はもういいわ」

〈ああ。食事にあまり興味がない方はときどきおられますね〉

「河童の国では中絶というものはあるの？」

〈中絶？　何の中絶ですか？〉

「妊娠の中絶よ」

〈ああ。堕胎《だたい》のことですか。もちろん、ありますよ〉

「どういう理由で行われるの？　貧困とか、病気とか？」

〈まあ、理由はいろいろですね〉

「つまり、両親のいろいろな都合で中絶が行われるのね」

〈そんなことはありませんよ〉

「今、いろいろな理由で中絶が行われるって言ったじゃないの」

〈はい。いろいろな理由がありますね〉

「だったら、両親の都合で……」

〈でも、両親の都合で行われることはありません。本人の都合が優先されます〉

「本人……って、妊婦のこと?」

〈ご冗談でしょ。妊婦は本人じゃありませんよ〉

「妊婦じゃないとしたら、誰の意思で中絶が行われるの?」

〈だから、本人ですよ。つまり胎児自身です〉

亜矢子は、ふうと溜め息を吐いた。

なるほど。そういう奇妙なことがあるということは想定しておくべきだったわ。

「つまり、河童の胎児は意思表示ができるのね」

〈ああ。ああ。そうでした。そうでした。すっかり、こっちの常識に染まってしまって、人間の胎児が話せないのを忘れておりました〉

「人間の胎児が話せないのは覚えているのね」

〈ええ。考えてみると、厄介《やっかい》なことですね。本人の意思がわからないんですから〉

「河童の国ではどんな感じなの?」

〈一度お産を見せて貰ったことがあります。漁師のバッグという河童なんですがね。これから子供が生まれるというときになって、彼は細君の生殖器に口を付けて、おまえはこの世に生まれ出たいか否《いな》か、熟考して返事せよ、とこう言う訳です。もちろん、衛生上のことを考えて、話をした後はバッグは水薬でうがいして消毒はしますよ。しばらくすると、小声で返事がありました。僕は生まれないことにします、なにしろ河童的存在は自然に反しており、到底善なるものとは考え得ませんから、と。すると産婆はガラスの管のようなものを細君の生殖器に挿入し、何かの液体を注入しました。すると、不思議なことにさっきまであんなに大きかったバッグの細君のお腹がしゅるしゅると縮んでいったのです。これで終わりです。呆気《あつけ》ないものです〉

「それは一種の自殺のようなものなのかしら？」

〈さあ、どうなんでしょうね。そもそも生まれていないからまだ生きていないと言える訳です。だから、自殺というのは当たらないように思いますが〉

「自分の誕生を自分の意思で決める訳なのね。ある意味、羨《うらや》ましいわ」

〈そうでもないですよ。河童たちは自分の意思で、言い換えると自分の責任で生まれてくる訳です。だから、どんな人生になろうとも、誰にも文句は言えないことになります。貧乏だの、苦しいだのと泣き言を言っても、おまえが選んだ人生なんだから、文句など言うな、ということになります〉

「でも、どんな人生になるかなんて、生まれる前からわかるはずがないじゃない。そんなことを責められるのはおかしいんじゃないかしら？」

〈どんな人生になるか予想が付かないという点まで含めての決断なんですよ。おまえはこれこれの環境に生まれ出る。ここからさらに上昇するかもしれないし、下降するかもしれない。運悪く病気になるかもしれないし、事故に遭うかもしれないし、犯罪に巻き込まれることがあるかもしれない。リストラされて食料になるかもしれない。それでも、生まれ出《い》ずる意思があるのか、という問いなんです〉

「そんな決断を胎児にさせるの？」

〈ええ。胎児と言えど、知性がありますからね。なにしろ、河童ですから〉

「わたしだったら、そんな決断はしたくないわ。さっきは羨ましいと言ったけど、よくよく考えると、可哀そうね」

〈河童たちは、決断させない方が可哀そうだと思っているようです。親の都合で、生まれたいと思っている胎児を無理やり生まれなくしたり、生まれたくないと思っている胎児を無理やり生まれさせたりする訳ですから〉

親の都合……。

その言葉は亜矢子の心に突き刺さった。

「人間も胎児の意思がわかればよかったのに」

〈それは無理な注文ですね。なにしろ人間の胎児には、知性がありませんから。生まれて十何年経ってからようやく知性の片鱗《へんりん》が見える程度です〉

「でも、この子に知性が芽生えるまで待ってから決断する訳にはいかないわ」

〈そのときに処置をしたら、立派な殺人ですから……。この子って？〉

「わたしの子よ。妊娠三か月」

〈それはおめでとうございます〉

「素直におめでとうって言うのね」

〈社会通念上、それでいいでしょ〉

「わたし、結婚してないの」

〈昔からそういう人は結構いますよ〉

「この子の父親はこの子の存在を知らないの」

〈それはちょっと問題かもしれないですね。行方不明か何かですか？〉

「違うわ。まだわたしが言ってないだけ」

〈わかりました。突然、教えて驚かそうという肚《はら》ですね〉

「そうではないの」

〈違うんですね。じゃあ、なぜ言ってないんですか？〉

「それは……」

河童の国の話を聞いて、漸《ようや》く自分自身の心の声が聞こえるようになった。わたしは認めたくないんだ。自分がつまらない男を選んだという事実を突きつけられることを。もし、彼が逃げたり、亜矢子を責めたりしたら、それは彼がつまらない人間だということだけではなく、亜矢子自身がつまらない男を選んだということになる。自分の選んだ男がそんな男だったら、亜矢子自身も男を見る目のないつまらない女だということになるのだ。

そう。わたしは自分の自尊心を守りたかっただけ。だから、彼の正体を突き止める勇気がなかったのよ。

「彼がろくでなしだとわかるのが怖いからよ」

〈彼はろくでなしなんですか？〉

「わからないの。だから、辛いんじゃないの」

〈複雑ですね〉

「そうよ。複雑なのよ」

〈それで何か問題でも？〉

「問題は大ありよ。わたし迷っているの」

〈何を迷っているんですか？〉

「この子を産むべきかどうか。複雑な問題よ」

〈それのどこが複雑なんですか？〉

「単純だと言うの？」

〈ええ、単純です。その子をどうするかはあなたが決めればいいんです〉

「わたしの一存でいいということ？」

〈もちろんです〉

「この子の意思は無関係ってこと？」

〈当然でしょう。人間の胎児は河童の胎児とは違って話すことはできません。その子の真の考えを知るためには十八歳ぐらいまで待たなければならないでしょう。十八歳の青年を『中絶』したりしたら、殺人罪で捕まってしまいます。その子の意見を聞くことは事実上不可能なんですから仕方がありません〉

「でも、この子には自分の命をどう扱うかということに関して権利があるんじゃないかしら？」

〈理想論の話をしても仕方ありません。そりゃあ、理想的にはその子の意思を反映させるべきでしょう。でも、それは物理的、生物的に不可能なんです。だとしたら、現実的な解

決策を考えるしかないじゃないですか〉

「この子の父親の考えも聞かずに、わたし一人で決めていいと言うの？」

〈あなたはその子の父親に妊娠のことを話せないんでしょ？〉

「……ええ。まあ」

〈だとしたら、議論の余地はありません。あなたはあなた自身の意思で、その子を産むかどうか決めなければならないのです〉

「たとえ産むべきでないという結論に至るかもしれなくても？」

〈産むべきでないという結論に至るかもしれなくてもです〉

そうなのだ。わたしが決めなければならない。わたしには責任がある。彼にも責任はあるはずだが、わたしが彼に知らせないということは、彼の責任をわたしが免除するということだ。結果的に、全ての責任はわたしにあることになる。

「ありがとう、闇の住人さん。決心が付きそうよ」

〈闇の住人って、誰ですか？〉

「あなたのことよ」

〈どうして僕が闇の住人なんですか？〉

「本にそう書いてあったから」

〈本？　何の本ですか、それは？〉

「たぶん、あなたには関係のないことよ」

〈でも、僕のことが書いてあるんですよね？〉

「そうよ。でも、これはあなたのことではないのかもしれない」

〈ますます訳がわかりません〉

亜矢子は声を出して笑った。

〈何がおかしいんですか？〉

「あなたのことじゃないわ。自分自身の滑稽《こっけい》さを笑ったの」

〈あなたのことは別に滑稽には思えませんが〉

「他人からどう見えるかは関係ないの。大事なのは自分が自分にどう見えるかってこと」

〈僕はわりと他人の眼が気になりますね。特に自分が変な名前で呼ばれているとわかったときには。そもそも、僕の名前はですね……〉

「ありがとう。あなたには感謝しているわ。では、さようなら」亜矢子は合わせ鏡をばらした。

闇の住人は本当に存在するのかもしれないし、わたしの頭の中の存在なのかもしれない。どっちにしても、彼はわたしが本当にすべきことを教えてくれた。わたしはわたし自身と向き合わなければならなかった。そして、わたしの中でわたしを縛っていたものの正体も明確になった。

亜矢子はスマホを取り出した。メールやネットではなく、珍しく電話本来の機能を使うのだ。

呼び出し音の後、相手が出た。

「あら、亜矢子。電話なんて珍しいわね。どうかしたの？」

亜矢子が電話を掛けた相手は母親だった。

わたしの価値観は全てではないにしても、いくらかは母親譲りのものだ。そして、彼に妊娠の話ができなかったのは、母親の価値観によるところが大きい。だから、わたしはまず母親と対峙《たいじ》しなければならなかったのだ。

「わたし、妊娠した」

社交辞令などまどろっこしいだけだ。

母親はしばらく無言だった。

「聞こえた？」亜矢子は尋ねた。

「……聞こえたわよ。確認するけど、冗談じゃないのよね」

「こんな冗談、言わないわ」

『妊娠した』って、言ったわね。『彼氏と結婚する』でもなく、『会って欲しい人がいる』でもなく」

「そうよ」

「つまり、それはいい知らせではないということね」

「いい悪いはわたしが決めるわ」

「相手の人はなんて言ってるの？」

「何も」

「何も！」母親の声が突然大きくなった。「何もってどういうことよ！」

「言った通りよ」

「でも、自分の子供ができたのに、何も言わないっておかしいんじゃない⁉」

「わたしが言ってないからよ」

「言ってないって、妊娠したことを教えてないってこと？　どうして？」

亜矢子は一瞬、言葉に詰まった。

言うの。今、言わないと一生言えなくなる。

「怖かったからよ」

「何が怖かったの？」

「彼に拒否されるのが。産むな、とか、本当に俺の子か、とか言われたらどうしようって」

「そんなことを言われたの⁉」

「言われてない。彼は知らないから。彼の反応が怖かったの」喋りながら、涙が出てきた。母親には泣いていることを悟られたくなかったが、どうしても涙声になる。

「どうするつもりだったの？」

「自分でもわからなかった。産みたいのか、産みたくないのか」

「今すぐ、彼に言いなさい。もし、それができないのなら、中絶しかないわ」

「どうして？　一人で産んで育てている人はいくらでもいるわ」

「そんなことは恥だわ」

「何が恥なの？　恋人同士なら誰にでも起きてもおかしくないことよ」

「そんな理屈は通用しません。とにかく彼と話をしなさい」

「彼と話をする決心はついているわ」

「お母さんも一緒に行ってあげるわ」

「来なくていい。対決するんじゃないから」

「お母さんに助けを求めるために電話してきたんじゃないの？」

「電話したのは自分にけじめをつけるためよ」

「けじめをつけるなら、彼氏にでしょ。どうしてお母さんになの？」

「わたしが本当に恐れているものはお母さんだから」

「ちょっと待って。何を言ってるの？」

「彼氏はまだわたしを拒否していない。拒否されるかどうかは妊娠を告げなければわからない。それなのに、わたしが彼に拒否されることを極端に恐れたのは、お母さんにどう思われるかが怖かったのよ」

「わたし？」

「もし、彼が拒否したら、お母さんは、そんな男を信用してたあなたが馬鹿だった、と責めるでしょ？」

「それは当たり前じゃないの。今でも、結構な恥さらしだと思ってるわ」

「わたしは、自分の意思とお母さんの意思を分離できていなかったの。だけど、わたしとお母さんは別の人間なの」

「それはそうよ」

「わたしは自分の迂闊《うかつ》さを許せなかったんじゃない。お母さんがわたしを許さないんじゃないかと怯えていただけなの」

「それは間違ったことじゃないわ」

「でも、それは今日で終わりにするわ。わたしは自分の頭で考えて生きていくことにするの。この電話はお母さんとの決別宣言よ」

「ちょっと待って！　お母さんと縁を切ろうってことなの？」

「そういうことではないわ。わたしが言いたいのは、わたしはお母さんと別の人間だということ。わたしは自分の足で歩いていくわ。だから、わたしがお母さんの思惑《おもわく》通りに生きなくても、それを悲しまないで」

「ちょっと待ちなさい。自分一人で生きていくことなんかできないわ。一人で一人前になったなんて思い上がってるんじゃないでしょうね」

「育ててくれたことには、感謝しているわ。だけど、わたしは自分の考えで生きなくてはならないの。自分一人で生きていこうなんて思っていない。ここは人間の社会で河童の国ではないんだもの」

「河童の国？　いったい何を言ってるの？」

亜矢子は笑った。

「つい、さっきまで、河童の国で一人ぼっちの人と話をしていたのよ」

「ちょっと、亜矢子、大丈夫？　お母さん、すぐそっちに行くから、気を確かに……」

亜矢子は電話を切った。

すぐに何度も母から電話が入った。

亜矢子はそのたびに切っていたが、いちいち切るのが面倒になったので、着信拒否に設定した。もちろん、それは一時的な処置で、落ち着いたらまた元に戻すつもりだった。

その後、亜矢子はメールで彼を自分の部屋に呼び出した。

数十分後、恋人は亜矢子の部屋にやってきた。

「どうしたんだ、急いで部屋に来いって？」彼は無邪気な様子で尋ねた。

「もっと早く言わないといけなかったんだけど」亜矢子は息を吸い込んだ。「わたし妊娠した」

「産んでくれるよね？　あっ！　その前に、結婚してください」彼は即座に言った。「ごめん。決め付けて悪かった？」

「もしわたしが産む気はないと言ったら、どうする？」

「産む気はないの？」

「そう仮定しての話よ」

「僕は産んで欲しいので、君を説得する」

「それでも、聞く耳持たなかったら？」

「僕一人でも育てるから、産んで欲しい」

亜矢子は泣き出した。

「そんなに産みたくないのかい？」

「違うの。わたしが馬鹿だったって気付いたの。何一つ恐れる必要はなかったんだって」

「恐れるってどういうこと？　ひょっとして僕が逃げるとでも思ってた？」

「そうじゃないの。わたしが恐れていたのは、自分とお母さんだったの」

「お母さん？　お母さん、怖い人なの？　参ったな。でも、まあ嬉しいから、多少怒られても平気だけどね」

「大丈夫よ」亜矢子は寛太の頬に口付けした。「たぶんわたしが怖いと思い込んでただけだから」

「じゃあ、産んでくれるんだね？」

「もちろんよ。その前に結婚だけど」

「実は、僕も君に報告があるんだ。本当は言わずにおこうかと思っていたんだけど」寛太は真顔で言った。

「何、怖いこと？」

亜矢子は不安になった。

そう。何もかもうまくいくなんてことはないんだわ。

「怖くはない。派遣先から、正社員にならないかって、話が来てるんだ。責任は増えて、自由な時間はなくなるから、断ろうかと思ってたんだけど……」

「どうして、断ろうなんて、思ったの？　これから結婚して、子供もできるのに！」

「いや。結婚して子供ができると知ったのは、ほんの一分前だから」

そう言えば、そうだった。

亜矢子はずっと一人で悩んでいた。考えたら、それは全く無駄な時間だったのだ。

「人事部の仕事なんだ。人事は他の社員の人生に関わる仕事だから気が重かったんだけど、これで決心が付いたよ」

「わたしたち三人家族になるのね」

「もう家族だよ」寛太は亜矢子の腹をそっと撫でた。

「女の子だったら『暁美』、男の子だったら『としはる』がいいわ」

「名前まで考えていたんだ」

「なんだか、今頭の中に浮かんだの。不思議ね」

亜矢子はテーブルの上の手鏡を見詰めた。

頭の中の霧が晴れだした。

「この国の街外れに齢をとった河童が本を読んだり、笛を吹いたりしているそうです」漁師のバッグが言った。

その河童に訊けば、人間界に帰る方法がわかるかもしれない。

第二十三号はトックの自殺に遭遇してからすっかり河童の国に嫌気がさしていたので、その話に一縷《いちる》の希望を見出したのだ。

彼は街外れに向かった。

聞いた住所の場所には小さな家があった。だが、そこで笛を吹いていたのは、老人ではなく、思春期の子供のように見えた。

彼は不審に思ったが、一応尋ねてみると、果たしてその子河童が探していた老河童だという。

「しかし、あなたは子供のようですが……」

「不思議に思うのは無理もない。わたしは生まれたときにすでに白髪《しらが》頭の老人だったのだよ。そして、月日が経つと共に少しずつ若返っていった。生まれる前が六十歳だとしたら、今は百十五歳かそこらだろう」

ということは、生まれてから、五十五年程経っているということか、一年で一歳若返るとしたら、生まれた時は六十歳どころか七十歳近かったのかもしれないな、と第二十三号はふと思った。

「あなたは随分幸せそうですね」

「なにしろ、生まれたときに齢をとっていたからね。これほど幸せなことはないだろう。わたしは若者の色にも、年寄りの欲にも無縁な人生を送ってきたのだよ。人生において、何より安らかなことが一番だからね」

「他の河童たちはそうでもないようですが」

「河童たちは生まれ出ずるときに、親にこの世に出るかどうか尋ねられているんだ。生きていることに執着を持っていたとしても不思議ではあるまい。生に執着を持つということは他人から見れば不幸に見えるものなのかもしれない」

「僕は自分の意思とは無関係にこの世界にやってきたのです」

「それは本当なのか？」

一瞬、眩暈《めまい》を感じた。

自分は、薄暗い灰色の部屋にいる。目の前には白衣を着た人物がいて、彼に何かを尋ねていた。もう一人知らない人物がいて、これが有名な第二十三号か、河童の国を見てきたんですってね、とにたにた笑った。

ああ。僕も結構有名になったものだなと思い、彼に椅子を勧め、そして河童の国に来た経緯《いきさつ》から話し始める。

山登りの途中で河童を見付けたこと、それを追って穴に落ちたこと、落ちた先は河童の国だったこと、その国で特別保護住民になったこと、生まれる前に胎児が自分で生まれるかどうかを決めること、驢馬の脳で作った人工頭脳で書物やあらゆる工業製品が生産されていること、そのおかげで仕事にあぶれた河童たちは食料にされてしまうこと、トックが自殺したこと、ゲエルが毎日医者に診《み》て貰っていること等を次々に話し続けた。

その見知らぬ男は熱心にメモをとり、ときどき質問をした。

第二十三号は得意げに質問に答える。

ええ、河童の国の技術力はある面では人類のそれをも凌駕しているのです。不思議なことに衣服を着るという文化はないようです。腹のところにカンガルーのような袋が付いていて荷物はそれに入れるのです。ああ。戦争はありますよ。獺と戦っていたそうです。雌は発情すると雄に襲い掛かる風習があります。それを楽しんでいる雄もいる一方、真剣に嫌がっている雄もいましたよ。

ほう。どんな質問にもよどみなく、すらすらお答えになられるんですね。全く感心しましたよ。

まあ、僕と致してましても、自分が河童の国のことを伝えられる数少ない人間だということは自覚していますからね。できるだけ多くのことを正確にお伝えしようと努力は怠らない訳です。

まるで、質問に対する答えをその場で作っておられるぐらいに見事な応えっぷりですね。

えっ？

第二十三号は見知らぬ男の顔を凝視した。

逆三角形の輪郭で額は大きく発達していた。髪には変な寝癖が付いていたが、眼光はあくまで鋭かった。時折、顎に手を触れる癖があるようだ。

今、何とおっしゃいました？

答えは思い出して話されているんですか？

無理に思い出すと言うよりは、自動的に頭の中に湧いてくる感じですよ。そういう感じはわかりますか？

はい、わかります。わかります。

見知らぬ男は嬉しそうにメモを続けた。

失礼ですが、以前お会いしたことはありましたか？

いいえ。初めてお会いしますよ。

あの、わたしの方からも、お訊きしてよろしいですか？

見知らぬ男はちらりと白衣の男の方を見た。

白衣の男は無言で頷いた。

ええ。いいですよ。何を訊きたいんですか？

あなたは何のために僕の話を聞いておられるんですか？

何のために訊いているとお思いですか？

質問に質問で答えるのは、ずるいなと思いながらも、第二十三号は答えを推理した。

あなたは雑誌記者か新聞記者で、僕の体験を世に広めるために、取材をされているのですか？

ははあ。惜しいですね。

惜しいのですか？

惜しいですね。

降参です。あなたは何者なんでしょう？

わたしは小説家なのです。

小説家がなぜわたしの話なんかを？

それは小説の種にするために決まっているじゃないですか。

小説ですか？

はい、小説です。

第二十三号は首を捻った。

わたしの話が小説になるのですか？

もちろん、そのままではありません。辻褄の合わない話は小説とは認められませんからね。あなたの話を元にわたしが大幅に脚色《きやくしよく》する訳です。

それは困ります。

いえ。あなたにはご迷惑をお掛けしませんよ。

小説になるのは困るんです。

ご自分に権利があるとご主張されるんですね。でも、発想そのものには著作権などないのですよ。あなたの話に触発されてわたしがそれを自分の言葉で小説にする訳ですから、法的には何の問題もない訳です。

違うんです。そういうことを言っている訳ではないのです。

では、何が言いたいのですか？

小説とは所詮絵空事《えそらごと》ではないですか。いや。別に馬鹿にしている訳ではありません。世間一般の常識の話をしているのです。

ええ。小説はフィクションですからね。絵空事でしょう。もちろん、現実をそのまま小説にすることもありますがね。

この場合がそうですね。わたしの実体験を小説になさろうとしている。

見知らぬ男はちらりと白衣の男を見た。

白衣の男は黙って首を振った。

そういうことになりますかね。

だとしたら、わたしは心外なのです。そんな発表の仕方をされたら、河童の国が想像上の産物だと思われてしまうではありませんか。

「あなたは人間界に嫌気がさしていたのではないのか？」齢をとった河童は言った。

第二十三号ははっと気付いた。周りを見ると、その場所はさっき訪れた齢をとった河童の小さな家であった。

「そうかもしれません。わたしは事業に失敗して……」

その話はおよしなさい、と白衣の男が言った。

「えっ？」彼は背後を見た。

「どうかしたのか？」年寄りの河童が尋ねた。

「さっきからちらちらと見えたり聞こえたりするのです」

「それは移ろいつつあるからだ」年老いた河童は少し考えた後で言った。「元の世界に帰るには、ここに来た道を逆にたどるしかないだろう」

第二十三号は身の毛がよだつ思いをした。

「その道がわからないのですよ」

齢をとった河童は天井から垂れ下がる綱を引っ張った。

天窓が開き、その上には青空が広がっていた。

「人間界に帰りたければ、あそこから出ていくがよい」齢をとった河童が綱を指差した。

よく見ると、それは只の綱ではなく、綱梯子《つなばしご》だった。

第二十三号は綱梯子に手を掛けた。

「後悔はないんだろうね」齢をとった河童が問い掛けた。

「大丈夫です。後悔などしようがありません。あの懐かしい人間界に帰れるのですから」

すると、そこはまたさっきの灰色の部屋の中だった。白衣の男と見知らぬ男が興味深げに彼の顔を覗いていた。

彼はふつふつと怒りが湧いてきた。

糞どもめが!!　ここから出ていけ!!　汚らわしい、狡猾《こうかつ》な、吐き気のする、気色の悪い、だらしない、悪巧みばかりしている、怠け者の、嫌らしい、厚顔無恥《こうがんむち》の、虫唾《むしず》が走る人間

どもめ‼　ここから出ていけ‼　糞どもめが‼
第二十三番は拳を振り回した。
気が付くと、かれは齢をとった河童の家で綱梯子を握っていた。
「後悔はないんだろうね」齢をとった河童がもう一度問い掛けた。
第二十三号は綱梯子をさらに強く握り締めた。

白の恐怖

芥川龍之介作「白」とは？

（あらすじ）

ある春の昼。白という犬が往来を横町に曲がったところ、お隣の飼い犬の黒が犬殺しに狙われているところに遭遇します。白は怖くなって、友を置いて一目散に逃げ出します。必死に駆けて主人の家へ帰ってきた白ですが、坊ちゃんとお嬢さんに「どこの犬だろう」「体中まっ黒」と言われ、白は毛の色が白から黒に変わっていることを知り驚愕《きょうがく》します。さらに野良犬《のらいぬ》だとバットで叩かれ、逃げ出すことに。

ウロウロと絶望しながら歩く白の前に、子供にいじめられている子犬がいました。白は自分を奮《ふる》い立たせ子犬を助け出します。その後、勇ましい一匹の黒犬の話題が伝えられるようになります。電車に轢《ひ》かれそうな子供を電光石火《でんこうせっか》で救い出した、火事の家の中から幼児をくわえて出てきた、動物園から逃げ出した狼と決闘し組み伏せた……これら黒い犬の活躍、それはまさしく白なのでした。

ある秋の真夜中、身も心も疲れ切った白は自殺を決意、死ぬ前に主人を一目見たいと家に戻ってきたのですが——。

「畜生、暁美《あけみ》のやつ!!」祭田智香《まつりだともか》は激怒していた。

突然、家に警官が二人訪ねてきたのだ。万引き事件のことで、聞きたいことがあると。家にいたのは、母親だけだったが、警官は暁美が智香たちのグループに濡れ衣を着せられたようだと伝えた。

智香は乙骨暁美が勝手にやったことで、自分は一切知らないと突っぱねた。するると、警官は瑠騎亜《るきあ》が暁美の鞄に店の商品を入れているところが店内の防犯カメラに映っていたと言ってきた。

当然、暁美は自分には関わりのないことだと言ったが、警官は瑠騎亜が智香の指示でやったと証言したと伝えてきた。瑠騎亜だけではない。羅羅《らら》と花蓮《かれん》も同じことを言っているとのことだった。

万事休すに思えたが、とりあえず智香は泣くことにした。そして、罠《わな》に掛けられたのは自分の方だ。みんなで口裏を合わせて自分に罪を着せようとしている。自分こそ虐《いじ》めのターゲットだと喚き散らした。

母親は智香の味方になってくれた。

だが、警官はもし暁美が主犯だとしたら、こんな自分が一番に疑われるようなややこしい真似はしない。単純に智香の鞄に商品を潜《ひそ》ませるはずだと取り合わなかった。

ただ、店側も被害届を出すつもりはないようなので、この件はおそらくここまでだということ、今後、絶対にこんな真似はしないようにと言って、警官たちは帰っていった。

問題は夜中に父親が帰ってきてからだった。彼は酷く酔っていた。

「万引きだと!!」父親は母親の話の途中で激昂した。「何てことをしてくれるんだ、この馬鹿娘が!!」彼は智香を拳で殴った。

母親が慌《あわ》てて止めに入る。「あんた、智香は女の子だよ！　グーで殴るのはやめなよ！」

「煩《うるさ》い！　会社だけじゃなくて、家でまで虚仮《こけ》にされて堪《たま》るかってんだよ！」

「会社で何かあったのかい？」

「クーデターだ。途中入社してきたおっさんが俺の立てた計画をふいにしやがった。それだけじゃない。みんなの前で、糾弾《きゅうだん》したんだ」

「あんた、何か悪いことしたんじゃないだろうね？」

「なに、元請けの便宜《べんぎ》を図って、経理の数字を弄《いじ》っただけだ。違法と言えば違法だけど、どこでもやってることだ」

「まさか、馘《くび》になったりはしないだろうね？」

「誰が馘だと！」父親は母親をも拳で殴り付けた。

ああ。これは本当に馘になるのかもしれないな、と智香は思った。

父親が勤めている会社がうまくいってないことは両親の会話から薄々勘付いていた。だが、違法行為までしているとは知らなかった。

智香の父親はわりとルーズなところがあり、法律を破ることにも無頓着だった。無人販売所の商品を代金を支払わずに持って来たり、喫茶店で砂糖やフレッシュを全部持っていったり、智香の給食費を踏み倒したりすることには何の抵抗もなかった。

たぶん、違法行為というのも父親が企《たくら》んだ悪事なんだろうな、と智香は思った。

「自分だって、悪いことしてる癖に、なんでわたしばかり、殴られなきゃいけないんだよ、おっさん！」

「親に向かって何だ、その口の利き方は！」父親はまた智香を殴った。

これほど怒るところをみると、どうやら悪いことをしているという自覚があったようだ。ひょっとして、警察に逮捕されるぐらいまずいことなのかもしれない。

智香はぞっとした。

父親が逮捕されたら、進学は無理だろう。

とんでもない。わたしはできるだけ長い間学生生活を送って遊んでいたいんだ。

智香はもう両親には何も言わず、自分の部屋に引き籠《こも》った。

そして、次の日の朝、両親が起き出す前に、家を出た。

そして、通学時間になるのを待って、友達をＳＮＳで近くの公園に呼び出した。

「朝っぱらから何？」瑠騎亜が暢気《のんき》そうに言った。

「おまえ、裏切ったろ！」智香は瑠騎亜に詰め寄った。

「何のことだよ？」

「恍《とぼ》けるなって！　警察に暁美を嵌《は》めようとしたこと、ちくったんだろうがよ！」

「ああ。あれね」

「あれねって何だよ！　うちに警察が来たんだよ！」

「うちだって来たよ。親にめちゃくちゃ怒られた」

「だったら、それでいいじゃんよ。なんで、わたしの名前出す必要があるんだよ？」

「だって、わたしが一人で罪被《かぶ》ることになっちまうじゃないか」

「別にそれでいいだろ。なんで、わたしまで巻き込むんだよ？」

「巻き込むって、うちらに命令したの、本当に智香じゃん」

智香は瑠騎亜に平手打ちをした。

「何、すんだよ！」瑠騎亜も真顔になり、智香に摑《つか》みかかった。

「やめなよ！」ちょうどやってきた羅羅と花蓮が二人に割って入った。

「おまえらもおまえらだ!!」智香は怒鳴り付けた。「全部わたしの命令だって言ったんだろ!!」

「だって、本当のことだから」羅羅が言った。

「そんなこと、べらべら喋ったら、おまえらにやらせた意味ないだろ！」

「えっ？　じゃあ、うちらに罪を着せようと思ってたってことか!?」

あっ、しまった。つい本音が出てしまった。

「違うよ。いったんおまえらが罪を被ったら、わたしは関係ない第三者になれるから、おまえらに有利な証言をしてやれるじゃないか。全員が疑われたら、誰も助けられなくなるっしょ」

「本当かな？」三人は疑わしげな目で智香を見た。

ああ、何かまずい。話を逸らせなきゃ。

「そんなことより、暁美は親ばれしたから、もう貢物《みつぎもの》持ってこないらしい」

「ええ!?　そんなの困る」三人は心底驚いて、さっきまでの怒りを忘れたらしい。

ほんと単純なやつら。

智香は腹の中で彼女たちを嘲笑した。

「貢物ないと、困るんだけど」羅羅が言った。「自分の小遣いで、服とか買うの勿体《もったい》ないし」

「だから、新しい鴨《かも》、見付けよう」暁美が言った。

「うちの学校、金持ちで気の弱い、ぼっちって他にいたっけ？」花蓮が言った。

「いや。もう貢がせるのは無理っしょ。警察から学校に話行ってるみたいだし」

「じゃあ、どうすんの？」

「これ使うんだよ」智香はポケットから画面がばきばきに割れたスマホを取り出した。

「こないだ踏ん付けて壊れたやつ」

「使えるの？」

「無理。電源も入らない」

「こんなものどうすんだよ？」

「まあ、見てなって。あのスーパーマーケットで一儲けしようぜ」

スーパーマーケットへの道すがら、智香は自分の悪巧みを三人に教えた。

店に入ると、智香は洗面台の前で化粧をしているふりをして、三人はそれぞれ個室に隠れた。

何人かの客がトイレを使いに来たが、智香はそのまま見逃した。そして、杖を突いた老婦人が入ってきたとき、智香は軽い咳払いをした。そして、老婦人が智香の後ろを横切ろうとした瞬間、スマホを落とした。

スマホはちょうど老婦人の爪先付近に落ち、彼女の靴が微《かす》かに触れた。

「あら」老婦人はスマホを見下ろした。

「ばばあ、何してくれてんだよ!!」智香はいきなり怒鳴り付けた。

「えっ?」老婦人はぎくりとして、身を竦《すく》めた。

「ああ。ぼろぼろになっちまってんじゃないかよ!」智香は元々割れていたスマホを拾い上げて、老婦人に見せ付けた。

「ああ。ごめんなさい。どうしましょう……」老婦人はおろおろと狼狽《うろた》えた。

「ごめんで済んだら、警察はいらねぇんだよ!」智香が凄むと同時に個室のドアが開き、仲間の三人が出て、老婦人を取り囲んだ。

「あの……いったい……」

「このスマホにゃあ、大事なデータが入ってたんだよ」

「本当にごめんなさい」老婦人は深々と頭を下げた。

「だから、ごめんて済んだら警察はいらねぇっつってんだろうがよ! ばばあ、呆《ぼ》けてるのか⁉」

「どうすればよろしいんでしょうか？」

「金だよ」

「お金ですか？　いかほどお支払すればよろしいんでしょうか？」

「話がだるいんだよ！　今いくら持ってるんだ？　財布出せよ！」

老婦人は震える手で鞄の中から財布を取り出し、開けようとした。

だが、智香は素早く財布を取り上げ、中を開いた。

「ちっ！　しけてやがるぜ！」智香は中身を全部抜くと、財布をその場に捨てた。

老婆は身を屈《かが》めて財布を拾い、中を見て驚いた様子だった。「あの……」

「何だ、ばばあ？」

「全部ですか？」

「当たり前だろうがよ！　これでも、足りないけど、これだけで勘弁してやろうっつってんだから、有難く思えよ！」

「でも、これでは、帰りのバスに乗れません」老婦人は今にも泣きそうだった。

「だったら、歩いて帰れよ！」

「わたし、脚が悪いので、とても何時間も歩いて帰ることなんてできません」

「それはそっちの都合じゃねぇか。なんで、うちらが糞ばばあの面倒なんて見なきゃいけねぇんだよ‼」智香は怒りのあまり、老婦人の杖を蹴飛ばした。

老婦人はその場に倒れた。

「わがまま言った罰だ‼」智香はげらげらと笑った。

老婦人は起き上がろうとしては何度も倒れ、半ば這いずるようにしてトイレから出ていった。

「ああ。すっきりした」智香は晴れ晴れとした表情で言った。

「智香、今のちょっとまずくないか？」瑠騎亜が少し心配そうに言った。

「何がだよ！　全部あのはばあのせいじゃねえか！」

「でも、本当は、あの婆さん、別に何もしてないし……」

「何だと⁉　また、わたしを裏切ってちくる気か⁉」

「いや、そんな訳じゃないけど」

「だったら、何なんだよ⁉」

そのとき、また一人トイレに誰かが入ってくる気配があった。

智香が目配せすると、三人はまた個室に戻っていった。

入ってきたのは、三十代と思《おぼ》しき女性だった。ぶつぶつと呟きながら、自分の鞄の中をごそごそと探しながら歩いている。何にもないところで、何度も躓《つまず》き掛けていた。

智香はにやりと笑った。

要領の悪いオタクタイプだ。若いけれど、どん臭そうだ。

女性の足下にすっとさっきのスマホを投げた。

「あっ」女性が驚いて鞄を落とした。

スマホがすっと床を滑っていった。

蹴飛ばしたのかよ。面倒なやつだな。

智香はトイレの奥までスマホを拾いにいった。

「おい、何してくれてんだよ‼」智香はスマホを拾い上げると、さっきと同じようにいきなり怒鳴り付けた。

「はっ？」女性は智香を睨《にら》み返してきた。

「えっ？」智香は女性の眼力に一瞬たじろいでしまった。

何だよ、この女。眼が怖いじゃねぇかよ。

「これ、ぼろぼろになっちまってんじゃないかよ！」智香はスマホを女性に向けて翳《かざ》した。

「どこが？」

「どこがって、こんなに罅《ひび》だらけ……」

スマホには傷一つなかった。

「どうして……。ばきばきにしたはずなのに……」

「今、自分で『ばきばきにした』って言ったわね」

「な、何だよ！」

智香は咳払いをしなかったが、異変を感じた仲間達が個室から出てきた。

「自分でばきばきにしたスマホを誰かの足下に投げて、踏まれた壊れたと言って因縁を付けるのね。古臭い手」

「どこにそんな証拠があるんだよ？」

「そのスマホの画面の真ん中にあるアプリを起動してみて」

智香は言われるがままにアプリを起動した。すると、動画が現れた。智香たちが映っている。

えっ？　隠しカメラ？

智香たちはトイレの中をきょろきょろと探した。

「映っている範囲を考えれば、どこから撮ってるかなんてすぐにわかるでしょ？　本当に馬鹿ね」

女性は手洗い場のごみ箱の上に置いてあった紙袋を持ち上げた。ごそごそと中から取り出したのは小型のカメラだ。

「いつの間にそんなものを？」

「さっきあんたらが何かを相談しにトイレに入ったのを見たから、他の客に紛れて入って置いておいたのよ。どんぴしゃだったわ。あんたらの悪事は全て撮らせて貰った。さっきの婆さんを恐喝したのもばっちり撮れてる」

「アプリで見れるってことは、まさか、ネット中継してるのか？」

少女たちはぎくりとなった。

「まだ公開はしてないわ。今のところ、見ることができるのは、このスマホだけ」

「このスマホ、あんたのか？」

「そうよ」

「うちらのスマホは？」羅羅が尋ねた。

女性は紙袋の中からディスプレイがばきばきに割れたスマホを取り出した。

「どうやってすり替えたんだ？」

「あんたらがこれをわたしの足下に落としたときに、わたしがわざと自分のスマホを同時に落として、向うの壁の方に滑らせたのよ。間抜けなあんたはてっきりそれが自分のスマホだと思って、後を追った。その隙《すき》にわたしがあんたのスマホを拾って、紙袋に投げ入れたのよ」

「それで、どうするつもりだよ⁉」

「あんたたち次第ね」

「脅そうってのか？」

「別に脅さないわ。だけど、あんたたちがわたしに投資するのを止める気はないわ」

「おばはん、何言ってるんだ？」

「わたしはね。いろんな人の世に出てはまずい情報がネットに流出するのを止める事業をしているのよ。そのためにあんたたちが投資してくれるなら、あんたたちのまずい情報がネットに流出するのを食い止めることができるかもしれない」

「それって、脅しじゃねぇか！」

「別に脅しじゃないわ。わたしはどっちでもいいから」

「智香、こいつ、やばいんじゃないか？」花蓮が冷や汗をかきながら言った。

「ちょっと待て！　こんなおばはんに負けて堪《たま》るか！」智香は怒りを滾《たぎ》らせた。「おまえいったい誰だよ⁉」

「別に教える義務はないけど、あんたたちには好意を持ったから教えてあげるわ。わたしは新藤礼都《しんどうれつ》っていうの。知ってる？」

「知る訳ないだろ」

「じゃあ、後で検索しといて。わたし、人を殺しているのよ」

「人殺し……」

「ああ。これは脅しじゃないわよ。客観的な事実だから」

「智香、こいつまじでやばいよ」羅羅は完全に腰が引けていた。

「びびんじゃねぇって、言ってんだろがよ！」智香は全く弱気を見せなかった。「そんなの全部はったりに決まってんだろ！　うちらびびらせて、金巻き上げる気だ」

「あの……」瑠騎亜が言った。「いくら出したら、動画消して貰える？」

「馬鹿！　話に乗るなよ！　うちら未成年なんだから、罪にはならねぇって！」智香が怒鳴った。

「そうね。罪にはならないわね」礼都は微笑《ほほえ》んだ。「でも、今の世の中、ネットに出たら、永久に消えないわよ。学校は退学になるし、就職しようとしても、ネットで検索したら、すぐに出てくる。どこにも就職ができないわよ。好きな人ができても、そんな動画が出回ってたら、付き合ってなんかくれないわよ」

「いくら出したら、いいんだ？」花蓮が尋ねた。

「おい！」智香が言った。

「いくら持ってるの？」

花蓮は財布の中身を見せた。

「未成年にしては結構持ってるわね。これを投資してくれたら、あなただけ動画から消すことぐらいはできるかもしれないわね」

羅羅と瑠騎亜も慌てて財布を出した。

「みんな騙されんじゃないぞ！　未成年の動画をネットで公開したりしたら、こいつだって、ただじゃ済まないはずだ」

「わたしは大丈夫よ」礼都は静かに言った。

「どうして、そんなことが言えるんだ？」

「わたし、証拠は残さないから」礼都の表情がぞっとするようなものになった。「わたしはあんたたちみたいな間抜けじゃないの」

「証拠はわたしたちだ。あんたの顔を見てるし、それに名前も知った」

「あんたたちみたいな不良の言うことをだれが信じるって言うの？」

「こっちは三人だ。多数決なら、うちらの勝ちだ」

「だったら、言ってみなさいよ。わたしは止めはしないわ。だけどね……」礼都は智香の顔を見詰めた。「そのときはわたしを敵に回すことになるのよ」

あっ、こいつ本当に人を殺したことがあるな。

礼都の眼を見たとき、智香は実感した。全身から止めどもなく冷や汗が流れ出す。

「うちらを殺そうってのか？」

「殺すですって？　そんなことするはずないじゃない」礼都は舌舐りした。「だって、わたし、一思いに殺してあげる程優しくないもの」

「ど、どういうことだ？」花蓮が誰ともなく尋ねた。

「わ、わからねぇ」羅羅が言った。「言い間違えじゃないかな？　どう考えったって、人を殺すやつが優しいはずがねぇ」

「いいえ。間違いじゃないわ」礼都は言った。

「じゃあ、いったいどういうことなんだ？」瑠騎亜が馬鹿正直に尋ねた。

ああ。こいつら、心底間抜けなんだ。

智香は思った。

警察にちくったこと、責めたりして悪かったかもな。こいつら、本気で他の方法を思い付かなかったんだ。

「わたしはね」礼都はにたりと笑った。「死ぬより辛い目に遭わせるのが好きなのよ」

「死ぬより辛いことって何？」瑠騎亜は素直に尋ねた。

「死んだらね」礼都は瑠騎亜に近付き、頬に触れた。「もう痛くも苦しくもないの。だって、死んでるんだもの」

「あ、ああ」瑠騎亜はごくりと唾を飲み込んだ。

「だけどね。相手を殺さずにずっと長く苦痛を与える方法はいくらでもあるのよ。知ってる?」

瑠騎亜は首を振った。

「あんたたち、歴史は得意? 戚《せき》夫人って知ってる?」

四人は顔を見合わせた。

「知らないようね。覚えておきなさい。戚夫人は劉邦《りゅうほう》の側室の一人よ。もちろん、劉邦も知らないわよね。劉邦は漢王朝を開いた人物よ。つまり、古代中国の皇帝。ええと、側室がわからない人?」

「あれだろ。大奥みたいなやつ」羅羅が答えた。

「正確じゃないけど、まあ大外れではないわ。つまり、正妻《せいさい》以外の妻のことね。その側室である戚夫人が正妻である呂后《りよこう》の子供を差し置いて自分の息子を皇太子にしようとしたの」

「そりゃ、揉めるだろ」

「そう。揉めたわ。結局、皇太子は変更なしで、丸く収まったかのように見えた」

「見えたってことは収まってなかったんだ」

「もちろん、そうよ。正妻である呂后は皇帝が死ぬのをじっと待ってたの」

「どうして？」花蓮が尋ねた。

「皇帝が死ねば。新皇帝の母である呂后に逆らう者はいなくなるから。呂后は戚夫人に刑罰を与えたの」

「死刑にしたのか？」瑠騎亜が尋ねた。

「いいえ。まずは彼女を奴隷にし、手枷足枷《てかせあしかせ》を付けて一日中重い石臼《いしうす》を引かせたのよ」

「手枷足枷って？」

「手錠みたいなものよ。足用のもあるの」

「死刑になるよりましなんじゃねぇか？」智香も話に興味が出てきた。

「それだけじゃないの。次に呂后は戚夫人の子供を毒殺し、そのもだえ苦しんで死ぬ様子を母である戚夫人に事細かく教えたの」

「エグっ！」

「それから腕と脚を切り落とした」

「それで死んでしまったのか？」

「古代中国の医学を嘗《な》めてはいけないわ。ちゃんと血止めをして、生かしておいたの」

少女たちは無言になった。

「次に眼と耳を抉《えぐ》って、視力と聴力も奪った。そして、歯を抜いて、喉も潰《つぶ》して声を出せないようにした」

「そんなことをしたらさすがに死んでしまうだろ」

「それでも、彼女は古代中国の医学で生かされたの」

「その話、まだ続くのか？」

「あんたたち、豚便所って知ってる？」

「歴史は不得意なんで」

「教科書には出てこないわ。豚便所っていうのは、豚小屋と便所を一つにしたものよ。便器の下に豚小屋を作って、排泄物《はいせつぶつ》が豚小屋に落ちるようにしたものよ」

「なんでそんなことすんだよ、動物虐待じゃねぇか」

「豚は雑食性なの。そして、人間の大便の中にはまだ栄養のある未消化物が残っている」

「豚にうんこ食わせてたのか？　完璧に動物虐待じゃん」

「それは人間の感覚ね。動物が自分や他の動物の排泄物を食べることはよくあることよ。むしろ、藁《わら》とかだけだったら、栄養失調になる可能性もある」

「動物用の餌《えさ》とか食わせればいいだろう」

「当時は、苦労して手に入れた食料を豚に食わせてやるなんて発想はなかったの。そこらの草を食べてればいい牛馬《ぎゅうば》や、草や虫を自分で探す鶏《にわとり》とは違って、雑食性の豚の餌を調達するのは手間だったのよ。だから、豚便所という人間の排泄と豚の餌という二つの問題を同時に解決する方法が考え出された」

「それはわかったけど、どうして今そんな話をするんだ？　うちらの気分を悪くさせるためだけ？」

「それもあるけど、さっきの戚夫人の説明のために話したのよ」

「戚夫人と豚便所がどう関係あるっていうんだ？」

「戚夫人は豚便所に住まわされたの」

「それって、トイレの便器の横ってこと？」

「いいえ。便器の下よ。豚と一緒に」

「うんこを食わせたってこと？」

「食べたかどうかは知らないわ。でも、食べるものは排泄物しかなかったのよ。呂后はよっぽと嬉しかったんでしょうね。新しく皇帝になった息子を便所に連れていって。『ほら、御覧なさい。あれが人彘《ひとぶた》ですよ』って、笑い転げながら、見せたらしいわ」

「わたしだったら、絶対にそんなもの見たくない」

「新皇帝もそうだったらしい。それからすっかり精神を病《や》んでしまって、酒色《しゅしょく》に溺れて早逝《そうせい》したそうよ」

「ソウセイ？」

「早死にってこと」

「それで戚夫人ってのはどうなったんだ？」

「死んだことは間違いないけど、どんな死に方かは伝わってないわ。何も食べずに餓死したのか、不衛生な環境で病死したのか、それとも豚に食い殺されたのか。案外、豚便所の中で天寿《てんじゅ》を全うして老衰《ろうすい》で死んだのかもしれないけど」

「わたしなら自殺する」

「どうやって？　手足はないし、歯がないから、舌も嚙みきれないわ」

「じゃあ、餓死する」

「餓死は苦しいわ」

「でも、うんこ食べたら、人としておしまいだし」

「人は本当に飢えたら、理性なんかふっとんで獣になってしまうのよ」礼都は本当に嬉しそうに言った。「あなたたちだってね」

「うちらにそんなことしたら、警察に捕まるだろ」

「大丈夫。わたしはいつもうまくやるから」

「今まで、人間にそんなことしたことがあるのか？」

「ご想像にお任せするわ」

「まともな人間にそんなことができるはずがない」

「血かもね」

「血？　まさか、呂后の子孫だとか？」

「そんなたいそうな先祖はいないわ」礼都は続けた。「わたしの母方の曾祖母《ひいばあ》さんだか曾々祖母《ひいひいばあ》さんだかが『玄鶴山房《げんかくさんぼう》』というお屋敷で看護婦をしていたらしいんだけど、その人が他人の苦痛を見るのが心底好きだったものだから、お屋敷の家族間でいざこざが起こるように、いろいろと工夫を凝《こ》らしたって話よ。さあ、どうする？　わたしに投資する？　それとも、動画を公開されてもいい？　それとも、死んだ方がましだという目に遭いたい？」礼都はもう一度智香の頬に触れた。女の指はとても冷たかった。礼都はぎゅうぎゅうと智香の頬の肉に爪を立てた。

「ひっ！」智香は礼都から逃げた。

もう駄目だ。金を払って謝ろう。

そう思ったとき、トイレの入り口から誰かが入ってきた。

「おかしな女の子たちにお金を脅し取られたって言うのは、このトイレですか？」

スーパーの若い女性店員が先程の老婦人の手を取って、トイレの中に入ってきた。

「ちっ」礼都は舌打ちをした。「もう少しだったのに」

よかった。これで助かる。この女がうちらにした悪事を全部ぶちまけてやる。

「うちら、今、この女に……」智香は糾弾しようと話し始めた。

「そうよ。この子たちよ」礼都は智香の言葉を遮《さえぎ》って言った。「わたしも今、携帯を踏んだとかどうとか因縁を付けられて、金を巻き上げられかけたわ」

「何、言ってるんだ!?　金取ろうとしたのは、おま……」

「そうです。この子たちです」老婦人が智香たちを指差した。「わたしのお金を全部持っていったんです」

「この糞ばばあ!!」智香は老婦人を睨み付けた。

老婦人は身を縮こまらせた。

「まあ、何て言い方！」店員は目を丸くして驚いている。

しまった。つい、いつもの調子で言ってしまった。

「まあ、なんてお下品な」礼都もその隣で目を丸くして驚いているふりをしている。

智香は礼都も罵倒しようと思ったが、逆効果だと思い直した。

「みんな、逃げるぞ!!」智香は三人の大人の間を駆け抜けて、外に飛び出していった。後の三人はしばらく呆気《あつけ》にとられていたが、ふと気付いたように、智香の後を追って走り出した。

店員は彼らを止めようとしたが、老婦人を庇わないといけないため、取り押さえることはできなかった。

四人はそのままスーパーから飛び出して、二、三百メートル走り、そのまま路地に飛び込んだ。

建物の壁に背を凭《もた》れさせながら、はあはあと肩で息をする。

「危ないところだった」智香は額から流れ出る汗を袖《そで》で拭った。

「でも、逃げたりしてまずかったんじゃないか?」瑠騎亜が言った。「あの新藤とかいう女、うちらの動画持ってるんだろ。ネット公開されたら、相当にやばい」

「確かにな。だけど、たぶんすぐに公開することはないさ」

「どうしてそんなことが言えるんだよ?」

「だって、あいつの目的は金なんだろ。みすみす金が手に入る材料を捨てることはない」

「だけど、あいつ、人の不幸を見るのが好きだって言ってたよ」

「そんなのはふかしだ。うちらをびびらせるために、あんな大昔の話を持ち出したんだ」

「じゃあ、どうするんだ？　あいつに金を払って許して貰うか？」

「そんなことする必要はない」

「でも、金を払わないと、あの動画をばら撒かれる」

「大丈夫だ」

「だけど、あの女相当狡《ずる》いぞ」

「そうだ。その狡さを見習うんだ」

「どういうことだ？」

「あの女、店員が入ってきたら、いきなり被害者面《づら》しやがった」

「あれは本当に腹立ったな」

「あれを逆にやってやるんだ」

「どうやって？」

「暁美にやったのと同じ手でやればいいんだよ。あいつに万引きの罪を着せる」

「そんなことして、どうなるんだよ？　怒って、動画を公開するかもしれないじゃないか」

「何言ってるんだ？　あいつはうちらみたいな未成年じゃないんだよ。万引きで捕まったら、警察行きだ。そしたら、いろいろ調べられて、動画も見付かる」

「だったら、まずいじゃん。警察にばれちまう」

「警察だったら、たいしたことないんだよ。警察は動画を公開することなんか絶対にしない。そのまま、あの女がうちらを脅迫した証拠になるだけだ。そして、うちらは未成年だから、補導されてちょっと怒られてそれで終わりさ」

「でも、補導されるんだろ？」

「あいつの被害の方がずっと大きい。あいつの脅しにびくびくしなくて済むようになるんだ。どうだ？　やるだろ？」

「これ以上、あいつに関わるのはちょっと……」花蓮が躊躇《ためら》った。

「やるよな⁉」智香はどすの利いた声でもう一度尋ねた。

「や、やるよ」花蓮はおどおどと答えた。

「あとの二人は⁉」

瑠騎亜と羅羅もしぶしぶ頷いた。彼女たちの頭の中で、警察に補導されたり、礼都に金を払ったり、智香に脅されたりと、様々な可能性が渦巻いて、そのバランスがよくわからなくなってしまっていたようだった。だから、とりあえず目の前の脅威である智香に従って、当面のストレスを軽減しようとしたのだろう。

「でも、どこでやるんだ？」羅羅が尋ねた。

「さっきのスーパーだ。今日、あいつが客で来たってことは、また来るかもしれないってことだ。そもそも、うちらから金をふんだくりたいんだから、あいつの方から探しにきてもおかしくねぇ」

「なるほど」

「よし、とりあえず今日の店員にばれないように、明日から髪形と服装変えて、あの店の防犯カメラの場所を調べるぞ」

智香たちは、次の日から、店内のあちこちを歩いて、カメラの位置を確認した。特に食品売り場では念入りに調べた。明らかに挙動不審だったので、ひょっとしたら店側にマークされたかもしれないが、万引き行為は一切やってないので心配はない。

カメラの位置を確認した後、何日か店内をぶらぶらして礼都が現れるのを待っていたが、それから一週間経っても礼都は現れなかった。

ひょっとすると、もう来ないのではないかと思ったとき、突然礼都が現れた。

礼都は殆ど無駄な動きをせず、最短距離でどんどん買い物を済ませていった。

智香たちは必死で礼都の後を追いながら、手持ちの籠《かご》に食料品を手当たり次第に入れていった。

このままでは、目的を達成できないのではないかと心配になってきたとき、突然礼都の動きが変化した。食料品コーナーの隅に設置されている雑誌売り場で、足を止め、本をぱらぱらと捲《めく》り出したのだ。しかも、お誂《あつら》え向きに、背中に背負っていたバッグを床に置いた。雑誌棚が狭い間隔で平行に置かれていたため、奥に入り辛かったのだろう。

智香たちは、礼都の視野に入らないように、慎重に近付いた。

突然、礼都が雑誌を棚に戻した。

智香たちは慌てて、近くの食品棚の陰に身を隠した。

礼都はふらふらと裏側に回った。そっちには写真雑誌が置かれている。それを立ち読みするつもりなのかもしれない。

「今だ！」智香が言った。「ちょうどあそこにはカメラが向いてない。今のうちにあいつのバッグに食料品を詰め込んでおこうぜ」

少女たちは籠を持って、礼都の鞄に近付き、大慌てで食料品を詰め込み始めた。

そして、また食料品棚の陰に身を潜めた後、礼都は再び鞄を担いで歩き出した。

またしても、素早い動きなので、少女たちは後を追おうとしたが、なにしろ隠れながらなので、なかなか追い付けず、ついに見失ってしまった。

「何してんだよ！」智香は仲間を怒鳴り付けた。「これだと、危ない橋を渡ったのが無駄になっちまうじゃないか」

「でも、ここに来ることがわかったんだから、今度また仕掛けてやればいいじゃん」羅羅が口を尖らせた。

「よく考えろよ。あいつが家に帰って鞄を開けたら、買った覚えのない食料品が大量に出てくるんだぞ。ちょっと考えれば、何が起きたのか気付くだろ。これからは絶対に隙を見せなくなるぞ。それどころか、もう二度とこのスーパーに来ないかもしれない。そうなったら、もう仕返しはできなくなる」

「だったら、諦めるしかないか」

「馬鹿言うなよ！　この間は、あいつにさんざん虚仮《こけ》にされたんだぞ。今更、諦める訳にはいかないんだよ！　うちらにだって、プライドってものがあるだろ！」

他人に万引きの罪を着せようとしている時点で、プライドも何もあったものではないが、彼女たちは自分たちの矛盾点には気付いていなかった。

そのとき、智香の視野に籠を持った礼都の姿が入った。

「いた！　それもラッキーなことにまだ清算を済ましてないみたいだ」智香は舌舐りをした。「チャンスはあいつがレジで精算を済ました瞬間だ」

四人は息を殺して、レジの外側に回った。

もうこの時点で礼都に見付かっても問題ない。

だが、礼都は彼女たちには気付かないようだった。レジで精算を済ませると、さっさと出口に向かった。

今まさに、自動ドアから出ようとしたとき、智香は礼都を指差し、叫んだ。「あの女の人、万引きしたよ!!」

何人もの店員がぱたぱたと走り寄ってきた。中には、私服の者もいたが、ひょっとすると、所謂《いわゆる》万引きGメンなのかもしれない。

智香はさっきの行為がよく見付からなかったものだと、ぞっとした。

礼都は立ち止まり、店員たちと智香たちを眺めるように見ていた。

智香は舌打ちをした。

どうせなら、逃げてくれた方がよかったのに、それなら現行犯だと証明できる。堂々とされると、冤罪《えんざい》っぽくなってしまう。まあ、いいか。鞄の中には動かぬ証拠があるんだし」

「どうかしたのかね?」男性店員が話し掛けてきた。

「わたしたち、見たんです」智香は礼都を指差した。「あの女の人が万引きして、商品を鞄の中に入れていました」

か？」

「申し訳ありませんが」その店員は礼都に言った。「鞄の中を見せていただいていいですか？」

「その子たちね」礼都が言った。「この間、トイレで恐喝していたわよ」

「そんなの言い掛かりです」智香が言った。「自分の罪を誤魔化《ごまか》すために、わたしたちに罪を着せようとしているんです」

「ええと」店員は困ったように言った。「とりあえず鞄の中を見せていただいていいですか？　そうしないとあなたの証言を信じることは難しいので」

礼都は首を傾《かし》げた。「もし、この鞄の中に商品が入っていなかったら、どうなるの？」

「その場合はちゃんと謝罪させていただきます」

「それだけ？」

「ええと、申し訳ないのですが、それ以上のことは難しいと……」

「その子たちはお咎《とが》めなしなの？」

「もし、この子たちが故意に嘘を吐《つ》いているとしたら、何らかの対応をさせていただくことになると思います。しかし、この子たちが真実でないことを言っているとしても、それが故意とは証明できないですからね」

「じゃあ、この子たちがわたしを犯罪者扱いしても、見間違えか何かだと言い張れば、無罪放免されるという訳ね」

「この女、必死で言い逃れしようとしているところが怪しいです」智香が言った。「何もしていないのなら、さっさと鞄の中を見せるはずです」

智香はとにかく早く店員に礼都の鞄の中を確認させたかった。そうすれば、一件落着だ。成人である礼都はそのまま即警察に引き渡されるだろう。そうすれば、智香たちは安泰だ。うまくすれば、礼都が撮った動画についても警察が何とかしてくれるかもしれない。

「確かに、その通りですよ」店員が言った。「無実だと主張されるのなら、まず鞄の中を見せていただけますか？」

礼都はしばらく無言で店員と少女たちを見詰めた。「もし、見せるのが嫌だと言ったら、どうなるの？」

「警察を呼ばせていただくことになります」

「証拠もないのに、客を警察に引き渡すの？」

「我々には強制力がありませんから、そうする以外ないですね」

礼都は無言で背中のバッグを下した。「さあ、どうぞ好きに調べて」

「失礼します」店員は鞄を開けた。

さあ、これで礼都はおしまいだ。警察に引き渡される。

店員は鞄の中をこそこそと探った。

「……特に問題はなさそうですね」

「えっ？」智香たちは目を丸くした。

そんなはずはない。確かに、うちらは商品を鞄の中に入れたはずだ。

「どうやら、この子たちの見間違いのようですね」店員はばつが悪そうに言った。「申し訳ありません」

智香はなぜか嫌な予感がした。

「何かやばい気がする」智香は三人に囁いた。

「わたしもそんな気がしてきた」羅羅が言った。

「見間違いじゃないいんじゃないの？」礼都が言った。

「でも、あなたの鞄の中には、商品は入ってませんよ」店員はきょとんとして答えた。

「そうじゃなくて、この子たちがわざと嘘を吐いたということはない？」

「でも、そんな嘘を吐いても、この子たちには何の得もありませんよ」

「本当にそう？」礼都は目を細めた。

この女、何か企んでいる。

智香は直感した。

ここにいると、まずい。逃げないと。

智香は仲間の三人に目配せをした。だが、三人とも、礼都の方を見て、智香の表情には気付いていない。

「じゃあ、嘘を吐いたら、この子たちに何か得があると言うんですか？」

「さっきね、あなたたち全員、わたしに注目したでしょう？」

「あっ、はい……」

まずい。一人だけでも逃げよう。

智香は礼都の横を擦り抜けて、外に出ようとした。

「逃げる気？」礼都が体を横に滑らせ、進路を遮った。

何かの罠に掛かったと直感した。

とにかく逃げないと……。

智香は、とりあえず、店の奥の方に逃げようとした。逃げ回っているうちに、隙を見て出口から外に飛び出すつもりだった。だが、一歩足を踏み出した途端、立ち位置が悪いことに気付いた。意図せずして、店員たちに囲まれる状況になっていたのだ。

いや。そうではないのかもしれない。

礼都が智香にしかわからないように笑みを見せた。

これ、全部、あいつの思惑通り？　微妙に自分の位置を調節して、うちらを逃げられないようにした？

「どういうことですか？」店員が礼都に尋ねた。

「この子たちは全店員の注意をわたしに向けようとしたのよ。どういうことかわかるでしょ？」礼都は答えた。

店員たちは智香たちの鞄を見た。全部不自然に膨らんでいた。そう言えば、慌てていたので、全然気づかなかったが、妙に重い感じがする。

「わたしに注意が向いている間に逃げようとしたのよ、この子たちは」

「違う」智香たちはそれぞれに必死で首を振った。

今まで、万引きをしたことは何度もあるが、今日だけはしていない。これだけは本当のことだ。

「あっ！」一人の女性店員が智香たちを指差した。「思い出しました。この子たち、この間、トイレでお婆さんを恐喝していたんです」

「あ、あのときは悪かったけど、今日は何もしていない」智香は何とかそれだけ言った。

「じゃあ、その鞄の中を見せて貰って構わないよね？」男性店員が言った。

智香は首を振った。

「どうして？　疾《やま》しいことがないのなら、見せられるはずだろ」

礼都は再びぬるぬるとする笑みを浮かべた。

大失敗だった。この女を敵になんか回すんじゃなかった。うちらとは格が違う。

智香は観念した。

とにかく鞄を開けることにした。案外、何も入ってないかもしれない。礼都は単にうちらに御仕置をしたかっただけで、本気で濡れ衣を着せるつもりはないのかもしれない。きっとそうだ。大人が子供相手に本気を出すはずがない。

智香が鞄を開けると、長さ四十センチはあろうかという半身《はんみ》の鰤《ぶり》がずるりと床に零《こぼ》れ落ちた。

女性店員からは悲鳴が上がった。

智香も悲鳴を上げたかったが、あまりのことに声が出なかった。

鞄の中は魚の汁で、本もノートもずるずるになっていた。

「智香、何、鞄に入れてるんだよ！　さすがに引くよ！」羅羅が叫んだ。

「こんなの入れる訳ねぇだろ！」智香は礼都の方を見た。

礼都はまたほくそ笑んだ。

「ええと。他の子も見せてくれるかな？」店員はかなり驚いていたようだが、気を取り直して言った。

瑠騎亜が鞄を開けると、数キロ程のモツが溢れ出した。肉売り場で見る分には、それほどグロテスクではないが、鞄に詰め込まれている様子を見ると、気分が悪くなってしまった。

花蓮が鞄を開けると、豚足《とんそく》が十本ほどごろごろと零れ落ちた。

羅羅も震える手で鞄を開けた。頭のない羽を毟《むし》られた鶏が現れた。彼女は悲鳴を上げて飛び退《すさ》った。

スーパーの入り口はちょっとした惨状になっていた。

人々は彼らを遠巻きに眺めながら通っていく。

「なんで、こんなの万引きしたんだ？」店員は呆れ果てたように言った。

「きっと苛々《いらいら》してたのね。思春期の頃はいろいろあるのよ」礼都が言った。「だけど、わたしを巻き込むのはよしてよね」

どうしよう？　防犯カメラを確認してくれと言おうか？　でも、そんなことをしたら、うちらが怪しい行動をしていたこともばれてしまう。それに、あの女のことだから、すでにカメラに関しては手を打っているかもしれない。

勝ち目はない。もう逃げるしかない。

とにかく自分だけでも逃げよう。こいつらに構っている余裕はない。

智香は蹲《うずくま》った。

「どうした？　気分でも悪いのか？」店員が気遣ってくれた。

礼都は彼女たちから少し距離をとった。

くそっ！　ほんとうに勘がいいやつだ。

智香は床の上に広がっているモツやら豚足やらを掴むと、立ち上がりながら、店員たちに投げ付けた。「うぎゃあああ‼」

「うわっ‼」店員たちは慌てて避けた。

智香は出口に向かって一目散に走り出した。

「待ってくれよ！」仲間たちも智香の後を追って走り出したが、ずるずるの床の上で滑ってしまった。

だが、店員たちも同じ状況だ。滑りたくないし、服も汚したくない。

瑠騎亜などは泣きながら、鞄からモツを掻き出している間に取り押さえられてしまった。

それを見て、羅羅と花蓮は鞄を諦めて走り出した。

三人とも服をべとべとにしたまま、人にぶつかりながら走ったため、次々と悲鳴があがった。

あの女、何なんだ⁉

怒りがふつふつと込み上げてくる。

最初から全部気付いてやがったんだ。それまでてきぱきしていたのに、急に動きが緩《ゆる》くなったのは、うちらに気付いたからだ。うちらをずっと監視して、何かするのを待ってたんだ。それで、わざと防犯カメラの死角に鞄を置いて、自分の姿を隠した。

うちらは裏側にある別の書棚で立ち読みしていると思い込んでいたけど、うちらが必死で礼都の鞄に商品を詰め込んでいる間、気配を消して、後ろから近付いて、うちらの鞄に鰤とかモツとかを詰め込んだんだ。

そして、何食わぬ顔をして、元の場所に戻って、自分の鞄を拾い上げた。あの後、うちらをまいて自分の鞄の中の商品を元の場所に戻したんだ。

よく考えると、自分の鞄から出した商品を元の棚に置くのは相当なテクニックだ。下手な万引きより相当難しい。あいつは本物の犯罪者だ。

あんなやつに関わって、本当に損をした。もうやめよう。あいつに、復讐なんて無理だ。もう一生、近付かない。あいつから近寄ってきたら、土下座でも何でもして許して貰おう。金を強請《ゆす》られたら素直に払おう。逆らっても碌《ろく》なことがない。一刻も早く縁を切らないと人生がめちゃくちゃなことになっちまう。

気が付くと、羅羅と花蓮の姿も見えなくなっていた。後ろを振り返ると、店員に取り押さえられているところだった。二人が捕まってくれたことで、智香が逃げる時間が稼げたみたいだ。だが、気を抜くと智香もすぐ捕まってしまうだろう。智香はそのまま市街地を走り続けた。

どのぐらい走っただろうか。さすがに智香は疲れ始めた。周りの景色も変わってきている。田舎とまでは言えないが、空き地があちこちにあって、土管《どかん》などの資材が置きっ放しになっている。と言っても、新興開発地という訳ではなさそうだった。むしろ、放棄された土地のように見えた。たぶん、何かの事情で開発を途中で断念したような場所なのだろう。

もう走れない。

智香は立ち止った。振り返ると、もう誰も追ってきていなかった。とっくの昔に諦めていたらしい

日は傾き始めていた。

どうしよう?

智香は考えた。

あいつらが智香を庇《かば》ってくれるとは思えなかった。きっと、今回のことを計画したのは

智香だとべらべらとあることないこと喋っているだろう。本当のことを言っても無駄だ。礼都の罪を証明するのは難しいだろう。きっと、いろいろなトリックを駆使して自分の無実を証明するだろう。そもそも、自分の鞄の中に鰤とか鶏とかを入れられて気付かなかったなんてこと、警察に信じて貰えるはずがない。

智香は絶望的な気分になった。

すでに店から警察に連絡が行っているだろう。このまま家に帰ったら、そこで捕まってしまう可能性が高い。補導されなくても、きっと両親はこっぴどく彼女を叱るだろう。

智香は人気のない空き地をとぼとぼと廻った。何かの汁に塗《まみ》れた自分の身体がとても臭く感じ、風呂に入りたいと切実に願った。

そうこうするうちに日が暮れて、真っ暗になった。そのまま何時間も歩き廻る。空腹で腹がぐうぐうと鳴ったが、財布一つ持っていない上に、近くに食べ物屋もコンビニも見付からなかった。

近くで、がさがさと何かが動く気配がした。

音のした方を見ても暗くてよく見えない。人なのか、動物なのか、どちらにしても不気味で恐ろしい。

「誰かいるのか？」智香は暗闇に呼び掛けた。

がさがさ。

返事はない。

智香は周りを見回した。

遠くに人家の灯りらしきものはいくつか見えたが、夜中に酷《ひど》い臭いをぷんぷんさせた末成年がやってきたら、すぐに通報されそうだった。

数十メートル先に土管が見えた。

夜空の下で寝るよりはましかもしれない。あそこに隠れていたら、変なやつにも見付からないかもしれないし。

智香はたいした根拠もない理由を考えながら、土管に向かった。

土管は三本あり、重ねられていた。下の段が二本で上の段が一本。下の段のぴったり重ねられた二本の土管の上の隙間を埋めるように三本目の土管が詰まれている。

智香はしばらく迷った末、上に積まれている方の土管に潜り込んだ。上にいた方が虫や汚い小動物の侵入を少しは防げそうな気がしたからだ。

端の方は怖いので、智香は中央部に進んだ。中は狭いので、体育座りの体勢にならざるを得なかった。土管の入り口からはどちら側もたいしたものは見えなかった。暗闇の中に瞬《またた》いているのは地平線に近い星か、それとも、何キロも先にある何かの灯りなのかもしれなかった。

　がさがさがさ。

　まだ物音がする。音の主が智香に気付いているのかどうかもわからない。

　智香は息を殺し、身動《みじろ》ぎもせず、じっと土管の中で、明るくなるのを待ち続けた。

　がさがさがさ。

　音は続いていたが、いつしかその単調な響きが智香の眠気を誘った。すぐ傍に何ものかがいるのだから、絶対に眠ってはいけない。そう自分に言い聞かせたが、気が付くと目を瞑《つぶ》っている。身体ががくりと傾くことで、一瞬だけ目が覚める。

　駄目駄目。絶対に起きていなくちゃ。

　だが、数秒後にはまた目を瞑ってしまう。

　何度かこれを繰り返していくうちに、がさがさといっていた音の質が少し変わったような気がした。少し湿り気を帯びている。

　ひょっとすると、外は雨が降っているのかもしれない。だが、それを確かめる気にはならなかった。土管の入り口から顔を覗かせるのは怖い。掌《てのひら》だけを出すのすら怖い。手を出した時点で、外にいる何ものかが智香の存在に気付くかもしれなかったからだ。

　ずるずるずる。

まるで何か粘度の高い何かを啜《すす》り上げるような音だ。

よく聞くと、音は少しずつ場所を変えているように思えた。土管の脇にいたものが少しずつ、片方の入り口に近付いているように感じた。

智香は反対側の入り口から逃げ出そうかと思った。だが、そちら側が安全だという証拠はない。ここはじっと気配を消していた方がいいような気がした。この土管の入り口は地面から数十センチの高さにあるので、犬なんかには覗けず、智香の存在には気付かないかもしれない。

ずるずるずる。

音は土管の入り口の真下辺りでぴたりと止まった。

智香は息を止めたが、それほど長くは我慢できない。

ぷはっ。はあはあはあ。

荒い息をなんとか鎮《しず》めようとするが、どうしようもない。

ずるずるずる。

また、音が始まった。水平方向ではなく、土管の入り口に向かって、上ってくるような感じがする。

はあはあはあ。

ますます息が荒くなる。

黒い影が土管の入り口の下側から現れた。暗くてよく見えないが髪の毛が生えた頭のように見えた。

ずるずるずる。

それは入り口から土管の中にぬるりと入り込んできた。

生臭い臭いが一瞬で土管の中に充満する。

智香は悲鳴を上げようとしたが、なぜか声帯がうまく働かなかった。

ずるずるずる。

それは妙な風に身体をくねらせながら、智香に近付いてきた。

智香は全身から力が抜けて、動くことすらできなかった。

最初、人かと思ったが人にしてはシルエットが奇妙だった。頭や胴体の感じは人だったが、手足がどこにあるのかよくわからなかったのだ。

突然、それは速度を上げて、智香の目の前に迫った。

近付いたせいで、星明りでも、その姿はぼんやりと見えた。

智香はそれの正体に気付いた。

それには目も耳もなかった。最初からなかったのではなく、深く抉《えぐ》り取られていたのだ。

人彘《ひとぶた》！

手足がどこにあるのかわからなかったのは、すでに切り取られていたからだったのだ。

智香は土管の中で後退《あとずさ》り、反対側の入り口に向かった。

その反対側の入り口からぬっと女の首が入ってきた。だが、それには目も耳もあった。

新藤礼都！

挟み撃ちの形になってしまった。

新藤礼都もまた這いずりながら、土管の中に入ってきた。その姿は昼間のそれではなく、まるで古代中国の王族のようないでたちだった。

「まあ、人彘はこんなところにいたのね？」礼都は嬉しそうに言った。その眼には智香の姿は映っていないようだった。智香の身体を透視して人彘を見ているようだった。

人彘は声にならない声を発した。その口からは何かの汚物が零れた。

智香は激しい吐き気を覚えた。

「おっほほほほほ!!」礼都は眼を吊り上げて笑い始めた。

智香は両手で耳を押さえたが、その声を遮ることはできなかった。

「面白いわ！　面白いわ！」礼都は笑い過ぎて、その場に転がった。そして、腹を押さえて「痛い！　痛い！　笑い過ぎてお腹が割れてしまう!!」と言った。

人彘はさらに這いずり、智香に近付いてくる。

智香は逃げようとしたが、礼都がいるので、身動きが取れなかった。

「息が！　息ができない！」礼都は笑い過ぎて呼吸困難に陥っているようだった。ひっくり返ったまま、白目になり、口から泡を吹き始めた。

今なら、礼都の上を乗り越えて外に出られるかもしれない。

智香は一か八《ばち》か礼都の上を乗り越えようとした。

ちょうど礼都の顔と智香の顔が最も近付いたとき、突然、礼都の眼が元に戻った。そして、智香の顔をじっと見て、にやりと笑った。

「おまえも人彘にしてやろうか！」いつの間にか礼都の手には青竜刀《せいりゅうとう》が握られていた。

智香が悲鳴を上げるのと、左腕が飛ばされるのは同時だった。

血が凄まじい勢いで噴き出す。

「大丈夫ですか？」誰かが尋ねた。

誰？

智香は自分の左手を摑んだ。

ちゃんとある。ということは今のは夢？　呼び掛けてきたのは誰？

智香は眼を開いた。

十センチ程先に男の顔があった。年齢は五十歳前後だろうか？　顔全体が毛むくじゃらだった。髪は薄かったが、整髪は全くされていなくて、べとべとなまま伸び放題だった。服は随分薄着で、あちこちが破れていた。夢の中の生臭さはこの男の臭いだったようだ。

智香はもう一度悲鳴を上げた。

「どうしましたか？　何か怖いことでもありましたか？」

「おまえだよ、おっさん」智香は怒鳴るように言った。

「おっさん？　わたしのことですか？」おっさんは言った。

「おまえ以外におっさんはいないだろ！」

おっさんはぽりぽりと頭を掻いた。ふけの塊《かたまり》がぼろぼろと落ちた。

「そうですか。あなたにはおっさんに見えるんですね」

「ちょっと何言ってるかわからないんだけど」

智香はすっかり周囲が明るくなっていることに気付いた。

どうやら、ついうとうとして眠ってしまい、礼都の悪夢を見たようだった。そして、眠っている間にこの男に寝顔を見続けられていた訳だ。

とりあえずキモい。

「なんでおっさんがここにいるんだよ？」

「それはここがわたしの住まいだからです。もっとも仮の住まいですけどね」

だとしたら、おっさんの家に智香が勝手に入り込んだことになる。だからと言って、一晩を不潔なおっさんと一緒に過ごしたというのはなんとも耐え難いことだった。

「わたしがいるのに気付いたら、すぐ起こせばよかっただろ⁉」

「ぐっすり眠っておられたので。ただ、先程は酷く魘《うな》されておられたようなので、お声掛けしたのです」

「とにかくキモいんだよ。顔、近過ぎ」

「なるほど。そちらから見ると顔が近いんですね。申し訳ありませんが、どうすれば距離を開けられるのか、よくわからないのです」

「さっきから何言ってるんだよ、おっさん⁉」

「不審に思っておられることはわかります。わたしですら、よく理解していないのですから」

「キモいんだよ！　ここから出てけよ！」

おっさんは困った顔をした。「そう言われましても、実際どうすればいいかよくわからないのですよ」

「だいたいおまえ誰なんだよ⁉」

「わたしですか？　わたしは……白です」

「白？　なんだか犬みたいな名前だな」

「ええ。そうなんです。わたしは一匹の黒犬なのです」

おっさんの言葉に智香は返す言葉が見付からなかった。

「……どう突っ込んで欲しいんだ？　犬ってとこか？　黒いのに『白』ってとこか？」

「ああ。『白』という名前はやはり気になりますね」

「いや。気になるっつうか……」

「最初わたしは本当に白い犬だったのです。それも飼い犬です。それが今ではこんな黒い犬になってしまいました……」

「いや。あんた、白犬でも黒犬でもないから……」

ここまで言って、智香は考え直した。

自分のことを「白」という名前の黒犬だと主張するおっさんに、間違いを指摘するというのは、賢明な行為ではないかもしれないと思い至ったのだ。

むしろ、自分のことを「白」という名前の黒犬だと主張するおっさんには極力逆らわない方がいいような気がする。

このまま土管から飛び出して逃げてもいいかもしれないが、突発的な行動をしたら、このおっさんは逆上するかもしれない。こういうおっさんが逆上したら本当に恐ろしい。警察に捕まるかもしれないので、女の子に酷いことはしないでおこうという発想がそもそもないかもしれない。

ただ、このおっさんはとりあえず見掛けに拘《かか》わらず人当たりは良さそうだった。とにかく、その辺りを頼みの綱にして、おっさんと打ち解けるのも一つの手かもしれないと思った。それに、おっさんにも利用価値があるかもしれないし。

「じゃあ、どうしておっさんの姿になったんだ？」

「自分としてはおっさんになっているつもりはないんです。わたしは落ちていたこのなんというでしょうか？　望遠鏡でなくて……」

「双眼鏡？」

「そうではないですね。片目で覗くものです」

「だったら、望遠鏡じゃん」

「望遠鏡というのは遠くの景色を見るものですよね。これは、なんというか近くのものを見るためのものなんです」

「ああ。顕微鏡？」

「顕微鏡というのは、小さなものを見るためのものですよね。これはそれの中にある模様を見るためのものなんです」

「ああ。あれな……なんてったかな？　確か万《まん》……」

「ああ、たぶんそれです」

「……万華鏡《まんげきよう》だ」

「そうです。そうです」おっさんは嬉しそうに言った。万華鏡を覗きこんだら、あなたがいたのです」

「おっさん万華鏡、持ってなんかないじゃん」

「わたしの方から見ると、覗いている万華鏡の中にあなたがいるのですが、あなたから見るとわたしがおっさんに見えるということですね。いや。わたしとは限らないですね。そのおっさんこそが万華鏡なのかもしれません」

ますます何を言っているのか、わからないが、逆らわないのがいいのは間違いないだろう。ただ、このおっさんの話を受け入れるにしたって、黒いのに「白」というのは、引っ掛かる。

「それで、どうして黒いのに、『白』なんだ？」

「もちろん、わたしも最初は白かったんですよ」おっさんは相変わらず至近距離で話し続けている。「だけど、あることで黒くなってしまったんです」

「泥の中で暴れ回ったとか？」

「わたしは親友を見殺しにしてしまったのです」

「犬なのに親友ってどういうこと？」

「犬にだって、友情はあるのです。黒はお隣の飼い犬でした。いつもわたしと肛門の臭いを嗅《か》ぎ合いする程の中です」

「肛門の臭い嗅ぐって、どういう意味があるの？」

「まあ、親愛の情の表現ですね。わたしだって、見知らぬ犬に突然肛門の臭いを嗅がれるのは嫌なものです。他犬の肛門の臭いを嗅ぐ前にまず自分の肛門を嗅がせるのが礼儀というものです。あなただって、そう思うでしょう？」

「犬と人間の礼儀は違うから。人間はだいたい他人の肛門の臭いを嗅ぎたいとは思わないから」

「嗅ぎたいのは家族だけなんですか？」

「いや……」

「とにかく、わたしと黒は親友だった訳です」

「ちょっと待って、黒って犬は何色？」

「もちろん黒色ですよ。黒なんですから」

「普通、そうだな」

「常識です」

「それで、その親友をどう裏切った？」

「わたしは犬殺しが黒に近付いているのに気付いたのです」

「犬殺しって何？」

「犬を殺す職業の人です」

「なんで犬を殺すんだよ？」

「野犬を放置すると危ないからじゃないでしょうか？」

「いや。野犬なんか滅多《めった》にいないけど、いたらまず保護するだろ」

「どうやらこちらの世界とそちらの世界では野犬に対する対応が違うようですね。こっちでは、だいたい殺されます」

「だいいち、あんたも黒も飼い犬なんだろ？　だったら、どうして飼い主がいないんだよ」

「わたしたちは放し飼いですから」

「犬殺しがいるのに放し飼いなんてしてるのか⁉」

「まあ、そういう世界なんですよ」

「どうも納得いかない話だ」

「で、わたしは最初、黒に警告しようと思ったんです。犬殺しがいるぞって」

「親友だからな」

「でも、犬殺しがじろりとこっちを睨んだんです。教えたら、おまえから殺すって」

「犬語で言ったのか？」

「まさか。わたしが表情から読み取ったのです」

「犬って、そんなことできるのか？」

「できますよ。たいていの犬は」

「それでどうしたんだ？」

「恐ろしくなったわたしは黒を放っておいてその場から逃げ出しました」

「最低だな」

そう言ってから、智香は昨日仲間を見捨てて逃げたことを思い出した。

まあ、あれは仕方ないさ。自分の身の方が大事だからな。

「それで這《ほ》う這《ほ》うの体《てい》で飼い主の家に逃げ込んだのですが、お嬢さんや坊ちゃんの様子がおかしいのです。わたしを見てもまるで知らない犬を見るようでした」

「どういうこと？」

「二人で、わたしを隣の黒の兄弟か何かじゃないかと訝《いぶか》しんでいました。わたしのことを真っ黒だと言うんです。それで、自分の身体を見てみると、本当に真っ黒になっていました」

「汚れたとかじゃなくて？」

「本当に真っ黒だったんです。とにかくわたしは自分が白だということを二人に伝えようとして、必死に頑張りました」

「具体的にはどうしたの？」

「跳び上がったり、跳ね回ったりして、必死に吠えたんです」

「たぶん無駄ね」

「坊ちゃんは、たぶんこいつは狂犬だ、と言ってバットで殴り付けてきました」

「狂犬って？」

「狂犬病に罹《かか》った犬のことです。まあ、単なる暴れ犬のことを狂犬と呼ぶこともありますがね」

「狂犬病の犬とかいるんだ」

「まあ、たまにいますね、こっちには」

「それで、どうしたんだ？」

「わたしは本物の野良犬になってしまいました」

「犬殺しに捕まらなかったのか？」

「まあ、そういうことはなかったですね。わたしはわりとすばしっこかったので」

「どんな暮らしだったんだ？」

「そうですね。野良犬になってすぐのときは、小学生に虐められている子犬を助けてやったりしました。ナポレオンという名前の茶色い子で、カフェで飼われていたんですが」

「飼い犬なのに、小学生に虐められてたのか？」

「ええ。放し飼いですから」

「なんでそこまでして放し飼いに固執《こしつ》するのか、わかんね」

「それでまあ何かすっきりした訳です。わたしはそれから人助けをすることにしました」

「罪滅ぼしって訳か」

「そういう訳ではないんですが、自分の臆病が情けなくなったということが一つ。自分自身を憎んで自分を殺そうとしたことが一つですね」

「自分を殺そうって、どうやって？」

「線路に落ちた子供を助けたり、雪山で遭難した高校生の一行の道案内をしたり、火事の中から幼児を救い出したり、動物園から逃げ出した狼を嚙み殺したりですね」

「大活躍じゃねぇか！」

「それでも不思議なことに全然死ねないんですね。世の中では『義犬《ぎけん》』と呼ばれて映画になったりもしました」

「だったら、めでたしめでたしじゃん」

「そうでもないんです。わたしは飼い主の一家と暮らせない苦しさにとうとう耐えられなくなりました。それで、自殺でもしようかと思ったのです」

「まあ、わたしには関係ないけどさ。自殺するなら、どっかそこらでさっさとすればいいのに、どうしてこんなとこでぐずぐずしてるんだ？」

「自殺するにしても、せめてその前に飼い主の元に戻って、家族を一目でも見ようと決心したのです。ひょっとすると、坊ちゃんがバットでわたしを撲殺《ぼくさつ》してしまうかもしれませんが、それならそれで本望《ほんもう》というものです。で、そうやって家の近くまで来たときに、少しだけ休もうとこの土管の中に入ったんです。そこで、万華鏡を見付けて、覗いてみると、あなたが見えたのですよ」

　智香はもう一度おっさんを見た。白犬でも黒犬でもないし、万華鏡も持ってない。いったい何のつもりでこんな馬鹿な話をしたのか理解できなかった。ひょっとして彼女の素性を知っていて諭《さと》そうという目的なのかもしれなかったが、それにしたって脈絡のない話だ。

「最後に心の中をあなたに話せてよかったです。これから一休みして、ご主人の家に向かいたいと思います」おっさんは突然黙った。

動きはぴたりと止まり、その眼は見開いたまま、瞬《まばた》きすらしなかった。

「おっさん、どうしたんだよ!?」

返事はない。

智香はおっさんの目の前で手を振った。

何の反応もない。

おっさんのほっぺたを抓《つね》って見た。

やはり反応がない。

手がべとべとした。おっさんの顔に触ったことを痛烈に後悔した。そして、どうしようもなく、むかむかしてきた。

結局、おっさんの妄想話に付き合わされただけだ。ふざけているのか、それとも何かの病気の発作を起こしているのかはわからないが、どっちでも構わない、とにかく仕返しがしたい、と思った。

智香はおっさんの顔を拳で殴った。

やはり瞬きすらしない。

一瞬、血が出るまで殴ってやろうかと思ったが、手がべとべとするので、やめておいた。さらに手に血まで付いたら、物凄く不快だろう。そう言えば、おっさんも臭いが、自分も魚や肉の汁で臭いんだった。本当にがっくりくる。

そうだ。こうなったら、おっさんの尻を思いっきり蹴飛ばしてやろう。

そう決心すると、智香はずるずると後退して、土管から出た。

おっさんは相変わらず宙を見詰めている。

智香は吐き気を感じながら地面に下り立った。

外はすっかり明るくなっている。日が昇ってかなり経っているようだった。だらだらとおっさんの話を聞いている場合ではなかった。

重ねられた土管の周りを回って、反対側の入り口に向かった。そして、もう一度上に積まれた土管の中に這い上った。

そこにあったのはおっさんの尻ではなかった。

一匹の白犬が蹲っている。

智香は舌打ちをした。

こういう手の込んだ冗談かよ！　わたしがこうするのを見越して、土管から出た僅かな間に自分と犬を入れ替えた訳だ。礼都と同じだ。人を虚仮にしやがって！　そもそもさっきは黒犬になっていると言ってた癖に白犬だったら、設定ミスじゃねぇかよ！

「おい！　近くにいるのはわかってんだ！　ふざけてないで出てこいよ！」智香は怒鳴った。

彼女の声に驚いたのか、白犬が起き上がった。そして、わん、と一声吠えると、一瞬だけ智香を優しい眼で見詰めた後、今智香がいるのと反対の入り口から外へ出ていった。

「何だよ、いったい」智香は無意識に犬を追って、土管の中を進んだ。「痛《い》てて」胸に何かが当たった。探ってみると、それは直径五センチ程の筒だった。

何だ、これは？　ああ。そうか。

智香は合点がいった。

これは万華鏡だ。ここまで手の込んだことをするか？

智香は万華鏡を手に取り、覗いてみた。

万華鏡と言うからには、中の鏡に反射した幾何学的な模様が見られるのかと思ったら、見えたのは土管の中だった。それもなんだか妙に歪《ゆが》んでいたし、現実よりも色褪《あ》せていた。

試しにぐるぐる回してみたが、景色に変化はなかった。

もう見るのをやめようかと思ったとき、視覚に変化が現れた。まるでずるずると前進しているように感じたのだ。

何だ、これは？　ひよっとしてリアルな画像じゃなくて、録画したものか、ネットで配信されているものを見てるのか？

智香は興味を持ったので、その画像を見続けることにした。

万華鏡で見る景色はそのまま土管を飛び出しているかのように進行した。智香はいつしか本当に自分が地面の上を歩いているかのような感覚になっていった。

ただ、実際に自分が歩いているのとは微妙に違うところもあった。

まず視点が低すぎるのだ。地面からほんの二、三十センチぐらいのところに目があるようだ。幼稚園児でももっと背が高い。これだと、小人か四足《よつあし》の猫か犬の視点だ。

それに色がやはり褪《あ》せていた。世界全体がセピア色っぽい。まあ、そういう演出なのかもしれないが、すっきりした青空の方が印象がいいような気がする。

あと、万華鏡とは関係ないのかもしれないが、いろいろなにおいが漂ってくるのに気付いた。食べ物の匂いや人間や動物の体臭、それからごみや糞尿の臭いも、不思議なことにいろいろなにおいが入り混じっているのに、なぜか一つ一つ嗅ぎ分けられて、何のにおいかがはっきりわかるのだ。もっと不思議なことは、本来なら悪臭であるはずのごみや体臭まで、なんだか香ばしくて、もっと嗅ぎたいという気分になることだった。

智香は万華鏡の視点を自分の行きたい方向に自由に変えられることに気付いた。それで、感じ取ったにおいの一つ一つの場所に移動することにした。それぞれの場所でくんくんとにおいを嗅ぎ取る。なぜかにおいからいろいろなことがわかるのだ。何時間前にここに何人かの人間かいたとか、その人間は煙草を吸っているとか、酒好きだとか、性別や年齢だとか、この電信柱には、今日、七匹の犬が尿を掛けて、そのうち大型犬は三匹でうち二匹は去勢《きょせい》されているとか。

智香は夢中になって、あちこちを嗅ぎまわった。

ふと気が付くと、背後から誰かが近付いてきているようだった。

振り向くと、そこにいたのは一匹の汚い犬だった。智香にはそれが雄犬だとすぐにわかった。視点が低いので、犬と眼の高さがほぼ同じになる。犬はまるで智香の眼を覗き込むようにしながら近付いてきた。

智香は強い不快感を感じた。こいつ発情してやがる。

「近寄るな、犬！　しっしっ！」智香は無意識に犬に向かって言った。

「そんなぁ、つれないなぁ」犬が鼻声で言った。

「えっ。犬の言葉がわかる設定？」

「ねぇねぇ。一緒に子作りしようよ」犬は智香に近付き、口の辺りの臭いを嗅ぎだした。

もういいや。こんなのやめる。

智香は万華鏡を覗くのをやめようとした。だが、どうすればやめられるのかがわからない。

何してるの？　万華鏡を目から外すんだ。

だが、万華鏡を目から外すことなどできなかった。それどころか、万華鏡がどこにあるのかもわからなかった。いつ間にか、万華鏡の奥に見えていた景色が周り全体に広がっているのだ。智香は自分の身体を見下ろした。

そこには真っ黒な犬の前足があった。

「ねぇ。お尻嗅いでいい？　嗅いでいい？」犬はしつこく智香に纏《まと》わりついた。「もう嗅ぐよ」犬は智香の肛門に鼻を押し付けた。

「いや！」

智香は身を捩《ねじ》った。

「そんなこと言わないで。ねぇ、いいじゃないか」犬は智香に拒否されても全く動じていない様子だった。

「おい、そこで何してる？」逞《たくま》しい声が響いた。

ああ。よかった。誰かが助けに来てくれたんだ。

智香は舌を出しながら、声の方を見た。

そこには、さっきの犬より一回り大きな別の犬がいた。

飼い主が声を掛けたのかしら？

智香は飼い主を捜したが、それらしき人物は見当たらなかった。

「ここは俺の縄張りだ！」大きな犬が言った。「だから、この雌も俺のものだ」

雌？　雌なんている？

智香は後ろを振り向いたが、雌犬は見付からなかった。

「ここがおまえの縄張りだと？　いつ誰が決めたんだ？」最初の犬が牙を剥いた。「この雌に最初に目を付けたのは俺だ。どっかへ行け！」

なんだか喧嘩が始まりそうだ、と思った智香は二匹から離れた。

すると、なぜか二匹が後を追ってくる。

また逃げる。また付いてくる。

「あんたたち、なんで付いてくるんだよ⁉」

「なあ、彼女、俺と子作りしたいよな？」小さい方の雄犬が言った。

「いやいや。俺の方が逞《たくま》しいぞ。俺と子作りしよう」大きい方の雄犬が言った。

ようやく智香は二匹の喧嘩の原因が自分であることに気付いた。

こいつら、大きな勘違いをしている。

「よしてよ。わたしはあんたらと子作りなんかしないよ」智香は宣言した。

「そんな訳にはいかないね。勝った方と子作りするんだ。それが犬の掟《おきて》だ」大きい方の雄犬が言った。

「そんな掟には従わない。わたしは犬じゃないもの」

「だったら、何なんだ？　猫には見えないが」

「わたしは人間だよ」

二匹はきょとんとした。

「この雌、何言ってるかわかるか？」大きい方の雄犬が小さい方の雄犬に尋ねた。

「さあ。大方《おおかた》、元飼い犬なんじゃないか？　飼い主を親と間違っている犬は結構いるからな。親が人間だから自分も人間だと思い込んでるんだろ」

「そんなことはないわ。わたしは本物の人間よ」智香は反論した。

「はいはい。人間。人間」小さい方の雄犬は智香に身体をくっつけてきた。「別に人間でも犬でもどっちでもいいや。とにかく子作りしようぜ」

智香はぞっとした。こいつら、有無《うむ》を言わさないつもりのようだ。

彼女は二人から離れるために走り出した。

二匹はしばらく呆気にとられていたが、すぐに気を取り直して、智香を追い始めた。

走りながら、智香は強い違和感を持った。そして、違和感の理由に思い至った。

わたし四本足で走ってる。

いったいどういうことなのか、自分でもわからなかったが、彼女は四つの足で地を摑んで走っていたのだ。

どうしてこんなことになってしまったのか、理由は後でゆっくり考えればいい。とにかく今はあいつらから逃げないと、とんでもないことになってしまう。

「まずい！　逃げろ！」小さい方の雄犬が叫んだ。

「本当だ！　子作りはやめだ！　逃げるぞ！」大きい方の犬も叫んだ。

えっ？

立ち止まって振り向くと、二匹の犬は後戻りをして全力で走っている。

何？　どうしたの？

と、ばらばらと人が走ってくる気配がした。

ちらりと背後を見ると、先に輪っかのついた棒を手に持った一団が近付いてきていた。

作業服を着てマスクをしている。

犬殺し。

さっきのおっさんの言っていた言葉を思い出した。

いや。大丈夫だ。今の日本に犬殺しなんかいない。犬を保護する団体や保健所は飼い主が見付かるまで、一時的に保護するだけだ。

でも、もし飼い主が見付からなかったら？

殺処分《さつしょぶん》。

そんな言葉が浮かんできた。

大丈夫。わたしは人間だから、絶対に殺処分されたりするはずがない。

作業員たちはゆっくりと智香を取り囲むように近付いてくる。

「あの。わたし人間なんです。わかりますよね？」智香は作業員たちに呼び掛けた。

「この犬、何か訴えかけてますよ。飼い犬かも」作業員の一人が言った。

「首輪がないわ」リーダーらしき作業員が言った。「チップでも埋め込まれていたら別だけど、見たところ、飼い犬だという証拠はどこにもないわ」

「近くの警察に照会したらどうでしょうか？」

「全部の犬にそんなことしてたらきりがないわ。事務的に進めるのよ。そうしないと、こっちの精神がやられてしまうから」

どうやら、このリーダーには犬一匹一匹の命を救い出そうという情熱がないらしい。

逃げなければ。

智香は決心した。

どうやら、今すぐ自分が人間だと証明するのは簡単ではないらしい。だとしたら、逃げるしかない。

さっきの雄犬たちはかなり遠くまで走っている。どちらに逃げるのが得策なのかわからないので、とりあえず智香は彼らの後を追うことにした。

作業員たちは先に輪っかのついた棒を持って、追い駆けてきた。だが、彼らは二本足のためか、智香たちはどんどん引き離していった。

何だ。逃げるのなんて簡単なんだ。

智香はほっとした。

あの棒の先に付いている輪っかはきっと犬の首に引っ掛けて締め上げるものなんだろうと思った。あんなので絞め上げられたら、殺処分になる前にその場で死んでしまうかもしれない。でも、あいつらって、なんて間抜けなんだろう。人間の足で追っ掛けても犬に追いつけるはずがないもの。だって、犬は人間よりずっと速いから。

「でも、人間は犬よりずっと賢いのよ」走る智香のすぐ真横で女の声がした。

智香ははっとして声の方を見た。だが、誰もいない。

空耳《そらみみ》？　でも、どこかで聞いた声だった。

再び前を見ると、先に逃げた二匹の様子がおかしかった。先に進まずに、その場で右往《うおう》左往《さおう》しているのだ。

あいつら、何してるんだ？

彼らの動きをよく見ると、何かにぶつかって、先に進めないようだ。そして、その先には作業員たちが立って、犬たちを見ていた。

そのときになって、智香の眼にも徐々に見えてきた。雄犬たちはサークル型の罠に入ってしまっているのだ。

あそこに行っては駄目。

智香は進路を変えようとした。だが、すでに彼女は一本道に追い込まれていた。このまま罠に突っ込んでいくか、回れ右をして作業員たちの間を擦り抜けるしかない。

智香は考える時間を作るために少し走る速度を落とした。

途端に背後から作業員たちの足音が迫ってくる。

時間がない。余裕はあって、あと二、三秒だ。その間にどうするか決めなければならない。

智香は立ち止った。そして、振り返ると唸《うな》って、先頭の作業員に飛び掛かる仕草をした。そうすれば怯《ひる》んで隙ができると思ったのだ。

だが、隙などできなかった。先頭を走っていたリーダーらしき作業員は、捕獲棒をすばやく回転させると、目にもとまらぬ速さで、智香の首に掛けた。

智香は全力で、身を翻《ひるがえ》し、なんとか輪っかから逃れることができた。

こいつは手強《てごわ》い。まともにぶつかって逃げられる気がしない。

智香は愚かだとは思いながらも、罠の方に走るしかなかった。

がしゃん。

智香がサークルに飛び込んだ瞬間、入り口が閉ざされた。

雄犬たちは出口を探して、中をぐるぐると回っていた。

これは犬用の罠なんだから、犬の力で抜け出せるはずがない。知恵を使って逃げるしかない。このまま待っていれば、必ずサークルから出される瞬間がある。そのときまで大人しくして油断させるんだ。サークルから移されるそのときの一瞬の隙を狙って逃げるんだ。

「結構手間取りましたね」作業員の一人が言った。「しかし、一度に三匹ってのは珍しいですね」

「昔はいっぱいいたのよ」リーダーが言った。「今でも、ときどき野犬が群れを作っているってニュースになったりするけど」

「どうして群れを作るんでしょうね？」

「狼だからじゃない」

「犬がですか？」

「遺伝的子的には犬は狼なの」

「人間が改良して犬にしたんですか？」

「と言うより、人間と共進化したのかもしれないわ。両方とも、群れを作って狩りをするって共通点があるんだから、協力するメリットがあったのよ。協力した集団は現生人類《げんせい》と犬になり、協力しなかった集団はネアンデルタール人と狼になったのよ。知らないけど」

質問した作業員はリーダーの説明に興味を失ったようで、罠の中の犬の様子に関心が移ったようだった。

「あの犬、妙ですね。雌でしょうか？」

「何が妙なの？」

「何だか人間みたいですよ」

その言葉に智香の中に希望が湧き出した。

やっぱり、わたし、人間に見えるんだ。

「そう？」リーダーが言った。

「ええ。よく見てください。犬だけど、もう殆ど人間みたいに見えますよ」

リーダーはじっと智香を見詰めた。

そうよ。気付いて。

「じゃあ、きっと人犬《ひといぬ》よ」

「人犬なんているんですか？」

「人彘がいるんだから、人犬もいるんじゃない？　知らないけど」リーダーはマスクを取った。

礼都の顔が現れた。


三人の家族連れが捕まった野良犬たちのすぐ傍を通っていた。

「あら。珍しい。野良犬よ」母親である亜矢子《あやこ》が言った。

「本当だ。まだこの辺にもいるんだな」父親である乙骨寛太《かんた》が言った。

「保護権って飼い主がいないと殺処分されたりするんだよね」娘の暁美が気の毒そうに言った。

「うちがマンションじゃなかったら飼えるんだけどね」亜矢子は残念そうに言った。

「でも、あいつらなんだか凶暴そうな感じだよ」

「そりゃ、野良犬はストレスが溜まるから、凶暴にもなるわよ」

「そうだな。俺だって、仕事のストレスで、暁美の異変に気付けなかったからな。全く父親として情けない」

「まあ、それはいいんじゃない。解決したんだから」亜矢子は微笑んだ。

「解決したって、お父さんの会社のこと？　それとも、わたしの万引き事件のこと？」暁美が言った。

「どっちもよ」

「でも、不思議なのよね」暁美が言った。

「何が？」亜矢子が言った。

「お母さん、わたしから杜子春《とししゅん》のことを聞いてもあまり驚かなかったから」

「驚く？　どうして？」

「そう言えば、お母さんは、犍陀多《かんだた》の話を聞いても平気だったたな」乙骨が言った。

「犍陀多って誰？」暁美は興味を持ったようだった。

「お父さんの友達……みたいなものだ」

「そういうのって、よく言うじゃない。イマジナリーフレンド？」亜矢子が言った。

「そういうのとは違う！」乙骨と暁美が同時に答えた。

「わたしにもいたわよ」亜矢子が言った。

「それは初耳だね」乙骨が興味深げに言った。「だから、そんなに驚かなかったのか」

「暁美がお腹にいるとき。わたしのは河童の国の人だったんだけどね」

「お母さん、河童と友達だったの!?」

「河童じゃなくて、河童の国の人よ」

「いや。どう違うのか、わからないから」

「あっ。白だ！」乙骨が素《す》っ頓狂《とんきょう》な声を上げた。

三人と擦れ違うように、白い犬を連れた姉弟《きょうだい》がやってきたのだ。

「本当だ」暁美が嬉しそうに言った。「白、見付かったんだ」

「突然帰ってきたんです」姉が言った。「ちょっとぐったりしていたけど、わたしたちを見たら急に元気になって」

「心配してたのよ。野良犬と間違えられて捕まったんじゃないかって」亜矢子はちらりと罠の方を見た。

「変な黒い犬が庭に入ってきたことがあったんだけど、たぶんあいつが白を連れだしたんだと思うよ」弟が言った。

「黒犬って、あれかな?」暁美は智香を指差した。

「どうかしら、あの犬とは違うと思うけど」姉は少し暗い顔をした。「かわいそうね。

……あの犬、人間みたい」

「そうかしら？」乙骨一家は首を捻った。

「でも、きっとどこかの優しい家族に貰われていくと思うわ」

「ええ。きっとそうよ」暁美は明るい笑顔で言った。


「どうやって、連れて帰りますか？」作業員が礼都に尋ねた。

「どうやってって？」礼都はぶっきらぼうに言った。

「車の中にケージが一つしかないんですよ。三匹も捕まえられるとは思ってませんでしたから」

「だったら、三匹とも同じケージに入れればいいじゃない」

「でも、雄二匹と雌一匹ですよ」

「だから？」

「雄二匹はなんだか発情しているみたいなんですが」

礼都はしばらく無表情のまま智香を見ていた。

「いいんじゃない。犬たちだって、恋ぐらいしたいでしょ？」礼都はぞっとする笑顔で言った。

〈初出〉

杜子春の失敗　光文社文庫サイトＹｏｍｅｂａ！　二〇一九年一〇月〜十一月掲載

蜘蛛の糸の崩壊　光文社文庫サイトＹｏｍｅｂａ！　二〇一九年十一月〜十二月掲載

河童の攪乱　光文社文庫サイトＹｏｍｅｂａ！　二〇二〇年一月〜二月掲載

白の恐怖　書下ろし

光文社文庫

文庫書下ろし＆オリジナル
杜《と》子《し》春《しゅん》の失《しっ》敗《ぱい》　名《めい》作《さく》万《まん》華《げ》鏡《きょう》 芥川《あくたがわ》龍《りゅう》之《の》介《すけ》篇《へん》
著者　小《こ》林《ばやし》泰《やす》三《み》

2020年6月20日　初版1刷発行

発行者　鈴木広和
印刷　新藤慶昌堂
製本　ナショナル製本

発行所　株式会社 光文社
〒112-8011　東京都文京区音羽1-16-6
電話 (03)5395-8149　編集部
8116　書籍販売部
8125　業務部

ISBN978-4-334-79036-3　Printed in Japan

組版　萩原印刷

光文社文庫最新刊

秋霜《しゅうそう》の撃《げき》　決定版　勘定吟味役異聞㈢	上田秀人
兄妹氷雨《きょうだいひさめ》　決定版　研ぎ師人情始末㈤	稲葉　稔
炎の牙　決定版　八丁堀つむじ風㈥	和久田正明
最後の夜　大江戸木戸番始末㈩	喜安幸夫
駆ける百合　上絵師　律の似面絵帖	知野みさき
欺《あざむ》きの訴《そ》　吟味方与力　望月城之進	小杉健治
黄昏の決闘　若鷹武芸帖	岡本さとる